suhrkamp taschenbuch 891

Jürg Federspiel, 1931 in Kempthal, Kanton Zürich, geboren, verbrachte seine Jugend in Davos, Zürich und Basel. Mit 21 Jahren begann er zu schreiben. Er lebte längere Zeit in Paris, München, Berlin, New York; heute ist er in Zürich ansässig. Veröffentlichungen: *Orangen und Tode* (1961); *Massaker im Mond* (1963); *Der Mann, der Glück brachte* (1966); *Museum des Hasses* (1969); *Paratuga kehrt zurück* (1973). *Brüderlichkeit, ein Stück in zwei Teilen.* Uraufführung des Schauspielhauses Zürich 1977; *Die beste Stadt für Blinde* (1980); *Die Ballade von der Typhoid Mary* (1982).

»Der Mann, der Glück brachte« ist ein alter, geisteskranker Maler, der sich mit Vincent van Gogh identifiziert, und das Glück, auf das der Titel anspielt, ist für ihn »ein Kornfeld mit einem Krähenschwarm oder ein Paar alte Schuhe in einer Zimmerecke. Man muß es bloß sehen.« Das, was aus Träumen und Erinnerungen hereindrängt, schiebt Federspiels Einbildungskraft wie Spiegelbilder ineinander: in die Geschichte vom Postbeamten die Geschichte vom Tod der Catherine Delpoint oder in die Geschichte vom flüchtigen Juden die andere vom reitenden Husaren oder in den Bericht über den badenden alten Herrn den andern über den Untergang der Titanic. Und fremdvertraut wie das Spiegelbild zum Bild, so steht die eine Geschichte zur andern.

Die Kräfte der Sprache spielen miteinander, durcheinander, auch gegeneinander. In diesem Spiel gibt es die hinreißenden Augenblicke, wo der Satz in jeder Biegung und Wendung genau zu dem paßt, was gesagt und im Sagen sichergestellt werden muß.

Jürg Federspiel
Der Mann, der Glück brachte

Erzählungen

Suhrkamp

suhrkamp taschenbuch 891
Erste Auflage 1983
© 1966 by R. Piper & Co. Verlag München
Suhrkamp Taschenbuch Verlag
Alle Rechte vorbehalten
durch Suhrkamp Verlag Frankfurt am Main,
insbesondere das des öffentlichen Vortrags,
der Übertragung durch Rundfunk und Fernsehen
sowie der Übersetzung, auch einzelner Teile.
Satz: IBV Lichtsatz KG, Berlin
Druck: Nomos Verlagsgesellschaft, Baden-Baden
Printed in Germany
Umschlag nach Entwürfen von
Willy Fleckhaus und Rolf Staudt

1 2 3 4 5 6 – 88 87 86 85 84 83

Inhalt

Das gelobte Dorf

I

Zwei Tage nach der Schlacht bei Austerlitz erreichte ein Reiter den Bodensee. Die vorweihnachtliche Kälte war so groß, daß der Husar, von widrigen Umständen gezwungen, den Degen nicht aus der eisverkrusteten Scheide hätte zu reißen vermögen. Es war vier Uhr nachmittags. Die Sonne lag hinter einem blauen Schleier, und das Pferd wieherte, als der Reiter es auf den schneebedeckten See hinaustrieb. Anwohner kamen aus ihren Hütten gelaufen und riefen ihm nach. Die Frauen schwenkten die hastig abgezogenen Schürzen, und die Männer hielten die zu Trichter geformten Hände vor das Gesicht und warnten ihn mit Ho-Rufen. Ein Hund folgte bellend und kehrte alsbald jaulend ans Ufer zurück. Der Reiter riß an der Kandare, und der Atem stand wie Steinbockhörner über den Nüstern des Pferdes.

»Ihr werdet das andere Ufer nie erreichen«, brüllte einer der Bauern. »Und wenn Ihr's erreicht, Ihr werdet tot vom Sattel fallen.«

Der Reiter versuchte sein Pferd zu beruhigen.

»Tot vom Sattel fallen. Weil Ihr nicht wißt, daß Ihr auf dem See reitet!« schrie der Bauer. »Unwissender, vermaledeiter.«

»Dank dir, Bauer«, rief der Husar und galoppierte – das Pferd mit kleinen Schreien antreibend – über den schneestiebenden See.

»Hat der denn keine Kinder!« seufzte eine Frau.

»Burschen auf hohen Rossen lernen nimmer hinzu«, versetzte ein zweiter Bauer. »Nie und nimmer. Du heiliges Verdienen!« schrie er und versetzte dem Hund einen Fußtritt.

Er starrte nochmals auf den See hinaus. Der Reiter war im Nebel verschwunden.

»Gott sei Dank«, versetzte der Bauer. »Jetzt ist er ersoffen. Die glauben wirklich, sie können alles.« Mit diesen Worten trottete er in seinen Holzschuhen zum Stall zurück.

2

Regenwasser gefror in den Schlaglöchern des Feldwegs. Drei Schritte weiter, mit dem Hinterreifen im Gras, lag ein Fahrrad; die Radspeichen ähnelten zerwühltem, borstigem Haar, und der Ledersattel war aufgeschlitzt. Ein Mann mit lehmverschmierten Hosen lag neben dem Fahrrad.

Wyler wandte sich zu dem Peugeot zurück, der mit laufendem Motor wartete, und rief dem aus dem Fenster guckenden Mann halblaut zu, er möge sitzen bleiben. Dann wurde die hintere Scheibe heruntergedreht, und eine Kleinmädchenstimme rief nach ihm.

»Ich komme«, rief Wyler zurück und starrte über die Wiese. Das sumpfige Gelände war bretthart gefroren, und auf den Hügelrundungen lag Schnee. Ein Bach gurgelte in der Nähe. Die Grenze, schätzte er, mochte neun Kilometer entfernt sein. Seine Ängstlichkeit flüsterte zwölf, seine Zuversicht sieben. Die Hügel waren Jurahügel, und drei einsame Lichtpunkte bestätigten seine Vermutung. »Im Zweifelsfalle«, hatte ihm der Journalist gesagt, »im Zweifelsfalle schnuppern Sie in der Luft. Es riecht kilometerweit nach Tabak, zwei Kilometer bestimmt, das sind die Perrin-Fabriken. Die besten Zigaretten, die es derzeit in Europa gibt«, lautete die Empfehlung. Die besten Zigaretten von 1940. Wyler, hatte der Journalist behauptet, finde dort am ehesten Einlaß. Wer sich – im Hause Perrin eingeladen – nachts auf einen Spaziergang begebe, finde sich unversehens auf französischem Boden. Perrin, so wußte der Journalist zu erzählen, versteckte Flüchtlinge und verhalf ihnen ins Landesinnere: je weiter man ins Land gelangen konnte, desto geringer war die Gefahr, in der gleichen Nacht wieder abgeschoben zu werden. Mehr hatte der Journalist nicht gewußt; die Deutschen eroberten Paris, und Wyler trennte sich in einer Stadt, in der das ferne Rumpeln der Geschütze das Rattern der fliehenden, vollbepackten Karren längst übertönt hatte, von seiner Frau und seinem dreijährigen Sohn. Die Zeit reichte nicht für Abschiedsschmerz. Hastig verteilten sie die Kleider der zwei Koffer, versuchten Ordnung zu schaffen in dem Gewühl von Ärmeln, Hosenbeinen, Wäschestücken und Pullovern, und als sie sich küssend trennten, verwechselten sie die Koffer; seine Frau schleppte, wo immer, seine Männerkleider und die Röcke und Wäschestücke des Mädchens, während er, Wyler, die Röcke seiner Frau und die Kleider seines Sohnes im Koffer trug. Sie stiegen in die Métro und hasteten durch die Vororte. Er übernachtete mit der fünfjährigen Esther in einer Werkzeugkiste der S.N.C.F.; am nächsten Abend durften sie, unbefragt, auf der Ofenbank einer Bäckerei übernachten, und Wyler schlief, noch in Jacke und Halstuch gehüllt, nach wenigen Augenblicken ein. Noch immer mochte er sich von dem Koffer mit den Kleidern von Frau und Sohn nicht trennen; das Wichtigste, das Geld, trug er in verschiedenen Taschen, versteckte ein Notenbündel in den Schuhen, Franken und Dollars.

In einem Dorf kaufte er ein Fahrrad, stellte die Koffer mit den Kleidern in einen nächtlichen Hausflur und fuhr ostwärts; Esther saß hinten auf dem Gepäckträger, eingemummt in eine Wolldecke, und hielt sich an den Seitentaschen seiner Jacke fest. In Luxeuil wurden sie von der französischen Polizei angehalten; er wies den gefälschten Elsässerpaß vor, fünftausend Franken hatte er in Paris dafür bezahlt, streute singende alemannische Brocken in seine Antworten, und anderntags erstand er eine Baskenmütze, die er so schräg trug, wie es kein Samstag seines Glaubens für geziemend erachtet hätte; in Héricourt fand sich ein Käufer für das Fahrrad, das er ihm schenkte, als der Mann ihm die Adresse eines Garagenbesitzers namens Bozzolo gab, der ihn, gegen teures Geld natürlich, in die Nähe der Schweizer Grenze fahren würde. Jean Bozzolo, ein robuster Fünfziger, hörte ihn an und drohte mit der Polizei, wobei er immer wieder zu seiner Frau hinüberguckte. Madame Bozzolo unterhielt sich mit dem wortkargen kleinen Mädchen, das Marjolaine zu heißen behauptete. Bozzolo wurde höflicher und massierte mit den Daumen seine Bizepse, die ihm erlaubten, allein ein Klavier zu heben, und als Wyler ein Bündel Geld hervorholte, grub Bozzolo einen Apfel aus der Hosentasche und streckte ihn dem kleinen Mädchen hin. Sie kamen ins Geschäft und wurden, nachdem Bozzolos Frau das Geld sorgfältig geprüft hatte, einig…

Wyler starrte wieder zu der Hügelkette. Zwei bisweilen verschwindende Lichtpunkte schienen ihm die Grenze zu bestätigen. Er schnupperte wiederum, glaubte den Tabak zu riechen, doch dann bemerkte er Bozzolo, der ausgestiegen war und eine Zigarette rauchte.

»Darf ich Sie bitten, Ihre Zigarette auszulöschen, nur für eine Minute?«

Bozzolos breite Backen wuchsen entrüstet aus dem Wollschal. »Pourquoi faire?«

»Man hat mir erzählt, man rieche die Tabakfabriken kilometerweit«, erklärte Wyler. Bozzolo löste den Zigarettenstummel aus dem braunfeuchten Mundwinkel und zerrieb die Glut zwischen den Fingern.

»Die Perrin-Fabriken sind etwa vier Kilometer weiter südlich«, bemerkte Bozzolo. »Besser, Sie verlassen sich auf mich, statt auf Ihre Nase.«

»Man riecht nichts«, bestätigte Wyler. »Wir könnten jenen Weg dort nehmen, er scheint befahrbar.«

»Ich hab' noch etwa fünfzehn Liter Benzin und eine gefälschte Zertifikation, und mit den fünfzehn Litern muß ich auch noch zurückfahren.«

»Was schlagen Sie vor?«

»Ins nächste Dorf fahren und bis halb drei morgens warten. Dann fahr' ich Sie zu *meiner* Stelle. Morgen früh. Wir übernachten im Dorf.«

»Ist das nicht gefährlich?«

»Es wird schon klappen.«

»Sehen Sie die beiden Lichter dort?«

Bozzolo kniff die Augen zusammen.

»Nein«, sagte er.

»Aber ich sehe zwei«, beharrte Wyler. »Vielleicht schon Schweizer Gebiet.«

»Bestimmt nicht. Die drüben haben Angst vor den Flugzeugen. Gehen wir.« Bozzolo sah zu dem Mann neben dem Fahrrad. Dann öffnete er die Wagentür, zog einen Jutesack unter dem Sitz hervor, ging zu dem Toten hinüber und breitete den Sack über ihn. Dann kehrte er zum Wagen zurück. Bozzolo trug gestrickte Handschuhe, die die Fingerspitzen freiließen. Seine Kinnbacken versanken wieder im Schal. Er setzte zurück in die Wiese, wendete und fuhr wieder fünf Kilometer landeinwärts.

Nach einer Weile sagte er: »Möglich, daß der Tote Kollaborateur war.«

»Das heißt, die Franzosen haben ihn erschossen?«

»Möglich.«

»Oder ein Emigrant«, mutmaßte Wyler.

»Dann hätten sie ihn wahrscheinlich nicht einfach erschossen. Verhaftet und abtransportiert.«

Wyler schwieg.

»Sind Sie Jude?« fragte Bozzolo.

Wyler zögerte: »Ja.« Dann wandte er sich um und guckte zum Hintersitz. »Frierst du nicht?«

»Nein«, antwortete Esther. »Wird er nicht frieren?«

»Wer?«

»Der Mann.«

»Monsieur Bozzolo?«

»Nein. Der neben dem Fahrrad.«

»Ach so. Nein, ich glaube nicht, daß er friert.«

»Warum friert er nicht?«

»Er ist tot.«

»Etwa so wie Madame Brasseux in der Rue des Écoles?«

Wyler nickte und sah wieder auf die Straße, die ihnen im Scheinwerferkegel entgegenfiel.

Es dunkelte; Bozzolo fuhr in ein Seitengäßchen des Dorfes: eine Lücke zwischen zwei Häusern, bettelgraue

Mauern mit zerbrochenen Hühnerleitern und bröckelndem Mörtel; die Fenster waren mit Zeitungspapier verklebt. Bozzolo hieß ihn warten, er kannte ein paar Leute im Ort, Verwandte seiner Frau; der Zigarettenrauch im Wagen wurde kalt und beizend, und Wyler versuchte den Hustenreiz zu unterdrücken.

Warum hieß Bozzolo Bozzolo? Er beruhigte sich: Savoyen war einst italienisch gewesen, das Elsaß französisch, heute wieder deutsch, Herrschaft und Namen wechselten, die Geographie blieb. Geographie war nicht unsterblich, doch sie vermochte die Geschichte zu überdauern, Geographie, fand Wyler, war letzte Gewißheit. Alles, was passierte, war ein Wettrennen zwischen Geographie und Geschichte, für ihn jedenfalls, für den Flüchtenden, den die Geschichte in die Geographie zu verfolgen schien. Was er erlebte, konnte er im Augenblick nicht als Geschichte begreifen. Niemand, dachte Wyler, konnte etwas sagen über die Konsistenz des Treibsands, aus dem er freizukommen versuchte; zu schwimmen, das war alles, Schwimmen war nicht möglich; Halt mit den Füßen zu suchen, doch es gab keinen Halt; etwas zu ergreifen im flüssigen Sand, der fest war und dennoch Sand blieb, greifbarer, treibender Sand. Es gab für ihn keine entsetzlichere Vorstellung als die, wehrlos zu erstikken.

Er öffnete die Wagentür und tastete mit den steifgewordenen Beinen nach dem Boden. Er drückte die Wagentür hinter sich zu, öffnete sie wieder und lauschte. Esther schlief.

Im Hinterhof ging ein Licht an, Wyler trat auf ein knakkendes Holzstück, und das Licht wurde wieder abgedreht.

Er fühlte die Beine steif werden, ging zögernd ein paar Schritte die Dorfstraße hinunter, kehrte zurück. Einige der Häuser ähnelten aneinandergenähten Stoffflecken, eidottergelb oder blau, bemalt vom Keller bis zum Giebel; andere waren ohne jeden Verputz, roh und ziegelnackt; wohl aus fiskalischen Gründen, vermutete er. Er schrak zusammen. In einem Garten hingen Hemden und Unterhosen an einer Leine, steif wie Schloßgespenster.

Das Dorf schlief; Wyler hörte dennoch Lärm, das Ächzen und Quietschen der stoppenden Métro, Schritte, Räuspern, das Knistern von Zeitungen, Zuschnappen der pneumatischen Türen, Stimmen...

Er vernahm Schritte hinter sich.

»Sie sind's?«

Bozzolos Stimme klang mürrisch. »Ich hab' was gefunden. Einen Coiffeursalon. Der Coiffeur ist vor ein paar Wochen geholt worden. Hirsch hieß er.«

»Ich verstehe.«

»Wir fahren zu dem Stall dort«, sagte Bozzolo.

»In den nächsten Tagen kommen sie nicht mehr. Und die Leute hier —« Er zuckte die Achseln.

Wyler hob das schlaftrunkene Kind vom Hintersitz und stieg aus. Bozzolo fuhr den Wagen vor den Stall.

3 —

Als die Nacht hereinbrach, erreichte der Reiter das andere Ufer. Er sah die Lichter eines Städtchens. Doch bevor er aus dem Sattel steigen konnte, um den Reif vom Kopf des Pferdes zu wischen, sah er Schatten von Leuten. Sie traten aus den Türen, und das Herdfeuer glomm hinter ihnen. Schließlich vermochte er die Gesichter zu erkennen. Sie schwiegen und starrten ihn an, neugierig und verwundert die einen, hämisch die andern. Einer löste sich aus der Runde, zog die Mütze vom Kopf und faltete die Hände. Ein Mädchen kicherte.

»Herr«, begann der Mann und zögerte, unterbrochen vom Tuscheln und erwartungsvollen Gekicher der Zuhörer.

»Ja?« fragte der Reiter.

»Herr, Ihr habt den Bodensee überquert.« Der Mann lächelte böse, als er dies gesagt hatte.

»Dacht' mir doch, ich vernähme Eis unter den Hufen«, versetzte der Reiter gleichmütig. »Was weiter?«

Der Mann starrte ihn an und wich zurück in den Kreis der Umstehenden, der größer wurde und sich wieder in stumme Schatten auflöste.

»Nachtquartier gibt's hier keins...« Die Stimme des Mannes klang erschrocken.

»Brauch' ich auch nicht«, antwortete der Husar und wendete das Pferd. »Kennt Ihr ein Dorf mit Namen Barangain?«

»Gehört«, sagte der Sprecher des Städtchens. »Doch kenn' ich es nicht.«

»Habt Dank.« Und wieder trieb der Reiter mit kurzen gellenden Schreien das Pferd an und galoppierte auf das südliche Stadttor zu.

»Unwissender!« rief der Mann ihm nach, als Roß und Reiter verschwunden waren. »Lügner!« schrie er.

4

Bozzolo schob mit dem Schuh das verklebte schwärzliche Laub von der Schwelle, stieß die Tür auf und sah erwartungsvoll ins Dunkel. Dann riß er ein Streichholz an und spähte nach dem Lichtschalter.

Charles-Luc Hirsch mußte ein älterer Coiffeurmeister gewesen sein; die beiden ledergepolsterten Rasierfauteuils waren abgewetzt und schadhaft und eine der Kippschüsseln zerbrochen; Zeitungen lagen über den Fußboden zerstreut, das einzige vielleicht, das auf überstürzte Ereignisse schließen ließ. Schaumbecken, Rasiermesser, Scheren, Kämme und Bürsten lagen säuberlich geordnet auf den Regalen.

»Schließen Sie die Tür«, befahl Bozzolo. Er zog die Vorhänge zu, stieg auf den Rasierfauteuil und wickelte seinen Wollschal um die Milchglaskugel an der Decke.

Das kleine Mädchen, nur mühsam erwachend, stocherte mit den Füßen in den Zeitungsblättern.

»Schlafen wir hier?« fragte sie.

»Wir warten hier«, gab Wyler zur Antwort. »Il fait moins froid que dans la voiture.«

»Woher bloß die Kartoffeln kommen?« Bozzolo schüttelte den Kopf. Die zweite Kippschüssel war mit geschrumpften Kartoffeln gefüllt, und die Keimlinge wucherten zwischen Erdbrocken über das Steingut.

Wyler schob drei der Stühle, die seit Wochen der Kundschaft harrten, zusammen und breitete die Wolldecke über das Kind, dann, während des Bückens, bemerkte er Bozzolos aufmerksamen Blick. Bozzolo wandte ihm den Rücken zu und folgte im Friseurspiegel seinen Handbewegungen. Es war, als erblickten sie einander zum erstenmal. Bozzolo wandte sich wieder ab und raffte die auf dem Boden verstreuten Zeitungsblätter zusammen. Wyler überlegte, warum es ihn irritiere, im Spiegel betrachtet zu werden, und warum Bozzolo sich nicht einfach zu ihm wandte.

Bozzolo öffnete den Mund zum Gähnen, erblickte sich selbst im Friseurspiegel und schloß den Mund lautlos wieder.

Die leeren Rasierfauteuils und Wartestühle standen sich im Spiegel gegenüber, wartend, fern jeder Zweckmäßigkeit wie alle die Kämme, Becken, Fläschchen, Pomaden und Bürsten, als müßte Hirsch, der unbekannte Friseur, jeden Augenblick erscheinen, um mit der Arbeit zu beginnen, und als würde sich ein Kunde von seinem Wartestuhl erheben und den Nacken über das lederne Rasierkissen zurückneigen. Es gab keine Kunden. Wer mochten Hirschs Kunden gewesen sein? Gab es noch andere Juden im Ort? Wyler betrachtete die Scheren, als gäbe es keine Haare, und die Klingen, als gäbe es keine Bartstoppeln mehr für sie. Kämme? Wozu? Für geschorene Schädel? Salben und Cremes für Tischlampen aus Menschenhaut… Ein Arsenal der Sinnlosigkeit.

Bozzolo hatte sich nun in den Fauteuil nahe der Tür gesetzt. Er betrachtete sich im Spiegel und fuhr mit dem Handrücken prüfend über die stoppeligen Hamsterwangen. Dann ließ er den Kopf zum Rasierkissen sinken und ertastete eine bequeme Lage. Wiederum betrachtete er sich im Spiegel, kniff die Augen zusammen und räkelte sich.

»Wie bloß die Kartoffeln in das Kippbecken kommen?« wiederholte er in den Spiegel und fixierte Wyler. »Haben Sie gute Ausweise?«

»Ja.«

Bozzolo grub in der Tasche nach einer Zigarette.

»Sie sehen gar nicht jüdisch aus. Nicht ausgesprochen.«

»Nein?«

Bozzolo überlegte.

»Sportlich eher.«

»Ach ja?« Wyler starrte in den Spiegel, als müßte der Schlaf von dort kommen. Er erinnerte sich an einen Film Cocteaus, den er in der Pagode gesehen hatte, und an Cocteaus Getue mit dem Spiegel überhaupt. Er konnte nicht viel damit anfangen. Sein, Wylers, Auge, das linke, war im Spiegel kleiner als das rechte. Er wandte sich zurück. Esther schlief. Er hatte einen dicken Haufen aufgefalteter Zeitungsblätter über ihre Beine gelegt, doch das Kind schlief so tief, daß nicht das leiseste Knistern zu vernehmen war.

Seine Füße tasteten nach der Fußstütze unter dem Lavabo.

Bozzolo beobachtete ihn, diesmal nicht im Spiegel, sondern von der Seite.

»Man wartet hier buchstäblich«, sagte er. »Ekelhaft. Dauernd denkt man, daß einer reinkommt, einem die Schürze um den Hals bindet und vom Football quatscht.« Er lachte.

»Sagen Sie, wer bezahlt hier eigentlich das elektrische Licht, ich meine... das Haus ist leer«, fragte Wyler.

»Sorgen haben Sie.« Bozzolo kicherte.

»Eine dumme Überlegung«, gestand Wyler.

Bozzolo widersprach. »Eigentlich nicht.« Er schwieg eine Weile und wandte sich wieder zu seinem Nachbarn.

»Ich persönlich versteh' nichts von Juden. Mich interessiert bloß, warum Sie nicht früher abgehauen sind. *Pourquoi n'avez-vous pas fouté le camp, bon Dieu?*«

»Wir glaubten einfach nicht, daß es so schnell gehen würde.«

»Hätten Sie mich fragen können.« Bozzolo lachte verächtlich. »Und wo ist Ihre Frau?«

»Mit dem Jungen geflohen. Auch Richtung Schweiz. Die Chance ist größer so.«

»Ich hab' keine Kinder.«

»Das ist vielleicht traurig für Sie. Aber mir fiele die Sache leichter ohne. Ich kämpfe gerne. Ich bin ein guter Boxer oder war's einmal. Aber man kann nicht losschlagen, wenn man für andere verantwortlich ist.«

Bozzolo nickte in den Spiegel, betrachtete sein eigenes Nicken und wiederholte es.

»Ich habe Verwandte in New York«, erzählte Wyler, »so einen Cousin. Seit Neunzehnhunderteinundzwanzig. Wenn die sich langweilen, samstags oder sonst an einem Abend, dann gingen sie ins deutsche Quartier hinüber und fingen eine Keilerei an. Dann starb sein Vater, und er mußte für die Mutter sorgen und hörte auf mit dem Blödsinn.«

»Was sind Sie eigentlich von Beruf?«

»Mediziner. Arzt. Ich bin in Deutschland aufgewachsen. Mein Vater besaß eine Seidenfabrik in der Nähe von Frankfurt.«

»Fallschirmseide?« Bozzolo drehte den Kopf und sah ihn an. Wyler schwieg.

»Fallschirmseide?« wiederholte Bozzolo.

»Monsieur Bozzolo«, versetzte Wyler mit geschlossenen Augen, »ich bezahle, damit Sie mir helfen.«

»Jemand muß ja wohl Fallschirmseide herstellen, *bon Dieu de merde.*«

»Mein Vater erhielt den Pour le Mérite im ersten Weltkrieg«, sagte Wyler. »Und verlor ein Bein.«

»Und wissen Sie, was *ich* riskiere, hm? Ich riskiere, erschossen zu werden.«

»Sie können gehen, Bozzolo. Ich verstehe, wenn Sie abhauen. Niemand hat das Recht, Heldentum von Ihnen zu verlangen. Schon gar nicht für Geld.« Den letzten Satz fügte er wohlüberlegt hinzu.

Bozzolo beruhigte sich. Er beugte sich vor, griff nach einer Haarbürste und fuhr sich damit über den Scheitel; dann warf er die Bürste in die Kippschüssel zu den Kartoffeln.

»Ich führ' Sie zur Grenze, basta. Wir sollten ein bißchen schlafen.«

Wyler erhob sich.

»Wo wollen Sie hin?«

»Ein Bedürfnis.«

»Keine Unvorsichtigkeit«, warnte Bozzolo. »Ich lösche das Licht, bevor Sie hinausgehen.«

Wyler schloß die Tür leise hinter sich. Er streckte die flache Hand aus, und die Flocken verwandelten sich auf der warmen Haut sofort in Wassertropfen. Die Straße hinunterblickend, sah er schwaches Licht in halbgeschlossenen Läden. In einem Hinterhof wurde ein Leiterwagen ratternd in Bewegung gebracht, und dem kurzen Geräusch folgte erschrockene Stille, so, als verpflichtete das Verstummen der Kanonen und Gewehre auch die Besiegten zu schmachvoller Stille.

Es ging gegen zehn Uhr. Die Kälte hatte nachgelassen.

Wyler zog ein Taschentuch hervor und befühlte den

Knoten, mit dem er sich selbst zwingen wollte, an seine Frau zu denken, obwohl sie das einander untersagt hatten. Er löste den Knoten und führte das Taschentuch zur Nase. Er mußte das Ziel erreichen, Esther mußte es erreichen. Für die nächsten sechs Stunden wollte er keine Stunde zurück- und keine Stunde vorausdenken, nur den Augenblick durfte er bedenken. Nichts anderes.

5

Zwei Pässe überquerte der Husar. Er übernachtete in abgelegenen Ställen, deckte sich mit Heu und alten Säcken zu und wusch sich des Morgens mit dem frischgefallenen Schnee. In den Dörfern kaufte er sich Brot und fütterte das Pferd. Mißtrauisch angestarrt von Kindern, begafft von Frauen. Zuweilen näherte sich eine fragend: »Sucht Ihr wen?«
»Das Dorf Barangain«, antwortete er.
»Nie gehört.«
»Muß sich in diesem Land befinden. Ich habe alle Zeit der Welt, es zu finden«, sprach der Reiter und stieg in den Sattel.
Die Hufe klapperten durch die Dorfgasse, und die Fenster öffneten sich neugierig.
Am nächsten Tag gelangte der Husar wiederum in eine Stadt, hielt am Brunnen und lenkte sein Pferd zur Tränke.
Ein Mädchen kam herbeigelaufen, guckte ihm zu und nestelte an den Zöpfen.
»Kennst du das Dorf Barangain?« fragte der Husar.
»Nein. Aber der dort wohl.«

Ein Mönch kam die Steintreppe vom Domplatz herunter, lesend, der Stufen nicht achtend, versunken in sein Brevier.

»Hochwürden.«

Der Mönch blieb stehen.

»Mein Herr?«

»Verzeiht.«

Der junge Mönch, ein breitgesichtiger junger Mann, strahlte ihn an.

»Ihr stört mich nicht. Ich kenne, was ich lese.«

»Ich suche das Dorf Barangain.«

»Was sucht Ihr in diesem Dorf?«

»Tut nichts zur Sache. Kennt Ihr's?«

Der Mönch lachte. »Das einzige Dorf, das keinen Pfarrer braucht.«

»Kennt Ihr's«, wiederholte der Reiter ungeduldig.

»Freilich. Nehmt Ihr mich mit? Zum Kloster ist es ein Tagesmarsch, für das Pferd fünf Stunden. Ihr seid im Kloster willkommen.«

»Und wie komm' ich zum Dorf Barangain?«

»Noch eine halbe Tagesreise, weniger sogar. Ich werd's Euch zeigen.«

Der Husar hob den Mönch mit einem Ruck zu sich auf das Pferd. »Ihr müßt Euch hinter den Sattel setzen. Bequem ist's nicht.«

»Bequemer als zu Fuß«, antwortete der Mönch.

Schnee wirrte die Wege, das Pferd stocherte unter der doppelten Last und drohte auszugleiten.

Der Husar stieg ab und nahm die Zügel.

»Ihr bleibt hübsch oben«, befahl er, da der Mönch Anstalten machte, ebenfalls abzusteigen.

Sie gingen unter den Ästen eines Föhrenwaldes talaufwärts; zuweilen warfen die Bäume ihre Schneelast auf die Vorbeistapfenden.

Nach zwei Stunden wurde der Weg wieder eben, und es hörte auf zu schneien. Der Husar hielt an und schwang sich wieder in den Sattel.

»Ihr seid gewiß müde?« bedauerte der junge Mönch.

»Nein. Aber wir kommen schneller voran. Hoooha! Schlingt die Arme um mich.«

Das Pferd trabte rascher.

»Ihr solltet Euch vorsehen«, rief der Mönch, sich zum Ohr des Reiters vorbeugend, »Euer Körper fühlt sich kalt an.«

Sie erreichten das Kloster.

Der Mönch bebte vor Kälte und massierte mit den Daumen die Nasenspitze.

»Wie finde ich das Dorf Barangain?« fragte der Husar.

»Zuerst, verehrter Herr, kommt Ihr Euch wärmen. Für diese Nacht bleibt Ihr im Kloster. Essen gibt's reichlich und auch Wein. Wie Ihr vielleicht wißt«, schwatzte der Mönch, »ist es hier der Föhn, der die kärgliche Sonne vergilt, und tat auch vielen der Kopf weh, es waren zwei gute Weinjahre —«

»Ich hab' es eilig. Wie finde ich besagtes Dorf?«

»Wie finde ich Barangain?« wiederholte der Husar ungeduldig.

Der Mönch lenkte ein.

»Acht Meilen. Kurz vor dem Talende, Ihr könnt es sehen —«

Der Reiter nickte.

»Dort führt ein Weg rechts in die Höhe. Der Weg muß zu erkennen sein, auch wenn Ihr keine Spuren findet.«

»Habt Dank.« Der Husar ritt weiter.

»Christi Segen«, rief der Mönch nach einer Weile und blieb stehen, bis der Reiter verschwand.

6

Wyler ging zurück, pochte leise an die Türe des Coiffeursalons. Er hörte Bozzolos Schritte und das sorgfältige Drehen des Schlüssels.

Bozzolo spähte über seine Schulter in das verdunkelte Dorf. Dann schloß er die Tür und drehte das Licht an.

»Nicht nötig«, flüsterte Wyler. »Ich find' mich schon zurecht.

Er erhaschte sein abgehetztes, unrasiertes Gesicht im Spiegel, eine Zehntelsekunde bevor Bozzolo den Schalter drehte. Er schlief ein und betrat den Spiegel durch ein Zwielicht von Nacht und Silber. »*Ouvrez la porte!*« Knöchel pochten mahnend gegen die Tür, die Türklinke wurde gerüttelt. Eindringlicher diesmal: *Ouvrez la porte!*« Die Stimme war nicht laut, amtlich, voller Genugtuung und Gewißheit, etwas nicht in Ordnung zu finden. Er erhob sich, tastete nach dem Lichtschalter und öffnete die Tür. *Le papiers!*« forderte der Mann, der im Türrahmen stand.

Der Schneefall hatte sich in Regen verwandelt.

Wyler blieb keuchend, das Kind in den Armen haltend, vor der Tür stehen. Er sah, wie Bozzolo nach einem Gegenstand unter dem Coiffeurspiegel griff und sich zu dem Gendarm bückte. Dann rannte er die Dorfstraße aufwärts. Beim Auto angelangt, stellte er das Kind ab

24

und hielt ihm, als würde es wieder zu weinen beginnen, den Mund zu; er hörte Bozzolo raschen Schrittes näher kommen. Das Dorf blieb hölzern und stumm.

Erst als der Motor ansprang, glaubte er Lichter in den Fenstern zu sehen. Die Räder schleuderten Matsch vom Weg bis zur asphaltierten Überlandstraße.

Es war alles sehr rasch gegangen. Bozzolo riß den Mann wie eine Schaufensterpuppe von der Türschwelle und schleuderte ihn gegen den gußeisernen Ofen am Ende des Salons, der Mann riß im Stürzen ihn, Wyler, mit, und Wyler fand sich mit dem Instinkt des geübten Boxers wie im Ring, lächerlich fast, eine akademische Demonstration; er zog den Unterkörper leicht zurück, die Rechte schützte das Kinn, während die Linke leicht und schnell gegen das Gesicht des Gendarms flog, mehr andeutend als schlagend; dann hieb er mit der Rechten in die Magengegend, zweimal, und schlug sich die Knöchel an der Gürtelschnalle blutig. Mit der Linken traf er das Auge, obwohl er auf die Nase gezielt hatte, und die andere Faust traf den Unterkiefer. In diesem Augenblick begann Esther zu schreien... Soviel vermochte er sich im Augenblick in Erinnerung zu rufen.

Drei oder vier Kilometer nach dem Dorf bogen sie in einen Feldweg ein; die Achse ächzte auf der holprigen Erde; Bozzolo drehte das Scheinwerferlicht ab und fuhr im Schrittempo; Baumäste streiften das Dach, und Steine polterten gegen das Bodenblech. Dann begannen die Reifen surrend zu wirbeln...

»Aus«, sagte Bozzolo schnaufend. »Weiter geht's nicht mehr. Sehen Sie den Wald dort?«

»Ja.«

»Etwa anderthalb Kilometer. Und zwischen diesem und

dem nächsten Wald liegen noch einmal zwei Kilometer freies Feld. Äcker oder so. Kriechen Sie, wenn Sie's durchhalten können —«

»Geht nicht mit dem Kind«, sagte Wyler ruhig. »Was haben Sie mit dem Flic gemacht?«

Bozzolo lachte hastig und aufgeregt. »Keine Fragen. Und nun muß ich Sie um Geld bitten. Auch das in den Schuhen.« Er keuchte und öffnete, nach rückwärts tastend, die Wagentüre hinter sich, den Blick mit Augen, die auszukugeln drohten, auf Wyler gerichtet. »Steigen Sie aus!«

Wyler stieg aus.

»Versuchen Sie nichts«, schnaubte Bozzolo. Er ging um den Wagen herum und blieb zwei Schritte vor Wyler stehen.

Seine Hand glitt in die Jackentasche und holte ein Rasiermesser hervor, das er ruhig, ja gepflegt öffnete und mit Daumen und Zeigefinger hielt, beiläufig fast, als gälte es, rasch eine Schnur zu durchschneiden.

»Den Flic hab' ich kommen lassen, verstehen Sie? Nicht um Sie auszuliefern, ich brauch' ein Alibi. Aber getötet haben Sie ihn.«

»Getötet?«

»In meiner Version. Die Leute im Dorf wissen Bescheid. *Et maintenant, pas d'histoires,* hm?«

Die Hand mit dem Rasiermesser deutete auf Wylers Brusttasche.

Wyler beugte sich ins Wageninnere.

»Steig aus.«

»*On-est en Suisse?*« fragte eine Kinderstimme.

»Noch nicht. Aber es ist nicht mehr weit.«

»Das Kind bleibt im Wagen, bis Sie bezahlt haben.« Bozzolo strich mit dem Rasiermesser über einen unsichtbaren Abziehriemen. Wyler betrachtete das Rasiermesser, griff in die Brusttasche und holte die Brieftasche hervor.

»Werfen Sie's in den Wagen. Das Portemonnaie auch. Und die Schuhe.«

Er gehorchte.

»Die Schuhe«, wiederholte Bozzolo.

Wyler zog die Schuhe aus und warf sie in den Wagen.

»Das Kind kann aussteigen.«

Esther kroch aus dem Hintersitz und tastete mit den Füßen nach dem Boden.

»Wir gehen nun zu Fuß«, erklärte Wyler.

»Ja«, antwortete das kleine Mädchen gehorsam und tastete nach seiner Hand.

»Von der Kleinen muß ich auch die Schuhe haben. In den Wagen werfen, bitte.«

»Bozzolo, Sie sind ein Schwein.«

»Die Schuhe!«

»Zieh die Schuhe aus«, befahl Wyler trocken.

»Das macht den Juden aus«, bemerkte Bozzolo. »Und eigentlich befinde ich mich in bester Gesellschaft: Mit jeder Situation kollaborieren, *mit jeder*. Viel Glück.«

Bozzolo setzte sich ans Steuer und schlug die Türe zu. Die Räder wirbelten, und der Wagen flog ruckartig zurück. Er fuhr im Rückwärtsgang bis zur Hauptstraße. Die Geräusche des Motors waren noch minutenlang zu vernehmen.

»Die erste Persönlichkeit, die Sie in diesen Ländern kennenlernen werden, ist die Quitte«, erklärte einer der Soldaten grimmig.

Vor dem Wirtshaus stand eine Wache, und die beiden Soldaten führten sie in ein Nebenzimmer. Der Hauptmann, dessen knollige Gesichtsrundungen an eine Quitte erinnerten, guckte über den Schreibtisch auf ihre erdschwarzen Beine und Füße und wandte sich an einen der Soldaten. »Bringen Sie mir Kaffee. Und etwas zu essen.«

Wyler dankte, und der Offizier lächelte.

»Sie nehmen an, daß ich für Sie bestellt habe?«

»Ich darf das wohl annehmen«, versetzte Wyler.

»Warum dürfen Sie das annehmen?«

Der zurückgebliebene Soldat räusperte sich und machte sich am Gewehrriemen zu schaffen.

»Sie sind jüdischer Abstammung?« fragte der Hauptmann weiter.

»Warum fragen Sie?«

»Ist die Frage etwa unverschämt?«

»Nein.«

»Nein? Sie sind nicht Jude?«

»Doch. Meine Antwort bezog sich auf Ihre Frage, ob meine Frage unverschämt sei.«

Der Soldat an der Türe lachte beifällig, und der Hauptmann wies ihn zurecht.

»Können Sie sich ausweisen?« fragte er dann.

Wyler griff in die Brusttasche. »Ein gefälschter Paß. Lautet auf Auguste Groll. Mein Name ist Wyler, Friedrich Wyler. Ich bin Arzt. Das hier ist meine Tochter. Esther. Im Paß Marjolaine Groll. Möglicherweise interessiert es Sie, daß mein Großvater Bürger des aargauischen Dorfes Endigen war und dann nach Frankfurt auswanderte.«

»Und nun möchten Sie wieder ins gelobte Dorf?«

Es war ein Gesprächsbereich, in dem Wyler zu schweigen gelernt hatte, und er schwieg auch jetzt.

»Beruf?« fragte das Quittengesicht.

»Arzt.«

»Ist das Ihre Tochter?«

»Ja. Sie heißt Esther.«

»Haben Sie Geld bei sich?«

»Nein, ich wurde ausgeraubt.« Wyler erwartete nicht, daß ihm Glauben geschenkt würde.

»Kann ich mir denken«, bemerkte der Hauptmann.

»Von den Deutschen natürlich.«

»Von einem Elsässer.« Wyler fühlte die Hand Esthers an seiner Jacke zerren.

»Das Kind blutet, Herr Hauptmann«, rief der Soldat an der Türe laut. »An Beinen und Füßen.«

»Meinetwegen«, versetzte der Hauptmann, einen Schritt näher tretend, »meinetwegen holen Sie einen Sanitäter.«

Der Soldat ging, die Türe hinter sich zuschmetternd, hinaus. Wyler trug das Kind zu einer Bank und begann vorsichtig die Lehmklumpen abzulösen; dann bat er um eine Schere.

»Wozu?«

»Ich bin Arzt, Herr Hauptmann.«

Der Offizier mit dem Quittengesicht ging zum Schreibtisch und brachte eine Schere. Wyler begann den Strumpf aufzuschneiden.

Minuten später erschien ein Major, der sich als Huber vorstellte, Dr. Huber, und der verlegene Hauptmann bat ihn, den ›Mann da‹ zu examinieren. Er zweifle, daß es sich um einen Arzt handle. Der Major gab keine Antwort, er ließ destilliertes Wasser holen und unterhielt sich mit Wyler; er erzählte, er habe in Paris am selben

Hospital als Assistent gearbeitet, La Ribosière, neun Jahre vor dem Krieg, eine glückliche Zeit.

Er wusch Esthers Beine und lachte über einen gemeinsamen ehemaligen Chef. Wyler, meinte der Arzt, möge sich keinen Illusionen hingeben, es werde ihm hierzulande kaum gestattet werden, den ärztlichen Beruf auszuüben, doch wolle er sein möglichstes für ihn tun. Viele würden von der Grenze zurückgeschickt, eine Verordnung der Regierung: in Zeiten der Unmenschlichkeit falle Menschlichkeit nicht eben leicht, erst gestern sei eine Frau, die ihr an Erschöpfung gestorbenes Söhnchen auf den Armen trug, nur deshalb eingelassen worden, weil sie sich ausweisen konnte. Ausweisen, fragte Wyler? Sie habe Geld bei sich gehabt, falle dem Staat somit nicht zur Last. Wyler erhob sich schwankend und fragte, ob er hinausgehen dürfe. Der zum Kaffeeholen abgeordnete Soldat kehrte mit dampfender Kanne zurück, und der Hauptmann befahl ihm, Wyler zur Toilette zu begleiten. Nach einer Viertelstunde kam der Soldat wieder, meldend, er habe wiederholt an die Toilettentür geklopft, doch komme keine Antwort. Ob er sie einrennen solle? Der Major und der Hauptmann eilten hinaus und rüttelten an der Türe.

Das kleine Mädchen trank den heißen Kaffee mit kleinen Schlucken, und der Soldat fragte sie nach ihrem Namen.

»Esther«, sagte sie. »Esther Marjolaine Wyler.«

»Schöner Name.«

Das kleine Mädchen nickte und betrachtete vergnügt ihre bis zu den Knien verbundenen Beine. Sie fragte den Soldaten, ob sie seinen Stahlhelm tragen dürfe. Der Soldat löste den Riemen unter dem Hals und stülpte dem kleinen Mädchen den Helm über den Kopf. Sie lachten beide und lachten noch immer, als der Arzt und der Hauptmann zurückkehrten.

7

Schneekissen lasteten auf den stummen Häusern. Kein Pfad, keine Viehspur führten zu ihnen, und der Reiter, Ausschau haltend, ritt schließlich quer übers Feld. Zottiges Eis hing in den Giebeln; durch die zerbrochenen Fenster hatte der Wind Schnee über Kupferpfannen und Tische geblasen. Aus einem Kamin stieg ein hungriger Rauchfaden, und eine Katze lag erfroren auf der Türschwelle.

Der Husar band das Pferd an, warf die Decke, die er auf den Schultern getragen hatte, über den Sattel und klopfte an.

»Wer ist da?« rief eine weibliche Stimme.

»Einer, der um Einlaß bittet.« Der Riegel wurde aufgestoßen, die Tür geöffnet, und er blickte in das Gesicht einer alten Frau.

»Tretet ein. Meinetwegen auch in Gottes Namen.« Auf dem Tisch lagen zwei verschnürte Bündel und ein Wanderstock. Die Alte schloß die Tür hinter ihm, schlürfte zum Herd und stopfte Gegenstände, die in einer Ecke aufgestapelt lagen, ins qualmende Ofenloch.

»Kein Holz mehr in der Tenne. Ich verbrenne Kleider und Schuhe. Die Väter und Söhne sind fort oder tot, und ich bin zu alt, um die Türen und Tische der Nachbarn zu spalten —«

»Die Türen der Nachbarn? Und — die Nachbarn?«

»Gegangen, tot.«

Der Husar murmelte vor sich hin.

»Die Sprache, die Ihr sprecht, scheint nicht die Sprache Eurer Mutter zu sein«, sagte die Frau. »Wo kommt Ihr her?«

»Aus Rußland. Doch ist dies wirklich das Dorf mit Namen Barangain?«

»So hieß es.«

Die Alte packte die hölzernen Kochkellen über dem Herd, zerbrach sie und steckte sie ins Feuer. Stiele von Hacken und Beilen folgten, Ledergurte, Schuhe und das Gehäuse einer Wanduhr.

»Die Zeit vergeht auch so«, versetzte die Alte. »Warum sucht Ihr dies Dorf?«

»Ihr kennt die Antwort. In diesem Dorf kann keiner allein in den Himmel gelangen. Die ganze Gemeinde oder keine Seele sonst. Jeder ist für jeden verantwortlich...«

Die Alte schloß die Augen und führte seine Worte weiter, auswendig gelernt, trostlos gläubig, als wäre die Verwandlung des Wassers in Eis und des Eises in Wasser ein müde gewordenes Wunder. »...Jeder ist für jeden verantwortlich. Alle für einen, einer für alle. Wenn einer stiehlt, mordet, Menschen verdirbt, meineidig wird, betrügt und Gott verleugnet, tragen die andern die Schuld mit. Jeder ist Teil des Ganzen, und das Ganze ist nicht mehr als sein kleinster Teil. Gott will nichts Halbes, und jeder ist ein Teil des Ganzen.«

»Ihr lästert«, unterbrach der Husar den gemurmelten Redefluß. »Wie könnte es anders sein? Wie dürfte es anders sein? Jeder muß an die Gemeinschaft denken, was immer er tut –«

»Und die Gemeinschaft muß immer an ihn, den andern, denken. Das ist das entsetzliche. Wenn der Nachbar Unrecht begeht, wird keiner ins Paradies eingehen.«

Die Alte setzte sich neben den Husaren auf die Bank und strich ihm über die Wangen. »Jung seid Ihr. Ein Süppchen tät Euch gut.«

Die Alte erhob sich, zog einen Topf Gerstensuppe aus der Ofenbank und stellte ihn auf den Tisch. »Heiß! Doch kein Löffel mehr im Haus. Wartet ein wenig und trinkt aus dem Topf.«

Der Husar dankte.

»Ich beneide die Städte«, fuhr sie fort. »Da fragt ein Nachbar nicht dem Hund des Nachbarn nach. Morgen werd' ich das Dorf verlassen und eine Stadt suchen. Irgendeine. Für eine alte Frau gibt's immer eine Arbeit. Waschen, Kochen, Nähen. Kennt Ihr die Städte?«

»Nur flüchtig durchrittene.«

»Die Suppe ist nun abgekühlt. Versucht!«

»Wie kam das Unglück über Barangain?«

»Ein Fremder erschien und kaufte sich ein Stück Land. Es war ein ruhiger und bescheidener Mann mit einer arbeitsamen Frau. Sie blieben stets für sich und kamen selten ins Dorf. Doch sie waren's, ohne es zu wollen, die Unglück brachten. Sie waren Fremde, und Fremdes schafft Neugier. Da, eines Nachts, auf der Bank noch eine Pfeife rauchend, sah einer seinen Nachbarn zum Hofe jenes Fremden schleichen. Erschreckt und um das Jenseits aller besorgt, meldete er seinen Verdacht dem Dorfältesten, und von Stund an begann ein jeder Dorfbewohner den Verdächtigen zu überwachen. Kaum einer schlief des Nachts, alle strengten auch am hellen Tag die Augen an. So begann ein jeder, den andern zu bespitzeln,

33

sah, wie jener mehr Wasser, als vereinbart, auf sein Ackerstück fließen ließ; sah, wie einer im Herbst mehr Holz aus dem Walde holte, als die Waldgesetze erlaubten; sah, wie einer zur Jagdzeit die Schonreviere kraß mißachtete – nichts Arges, wie Ihr wißt, doch jeder Mann und jedes Kind, gar nicht zu reden von den Weibern, schärfte Ohr und Aug'. Und so, wegen der Sorge des einzelnen um sich und jeden andern, schlich Argwohn ins Dorf. Mit ihm die Angst und auch der Haß. Ermahnungen wurden an die Türen genagelt: Ein jeder Dorfbewohner möge seiner Verantwortung bewußt sein. Für die Gemeinschaft. Alle oder keiner, im Namen Gottes. Als wäre die Seelenpest ins Dorf gekommen–«

»Die Seelenpest«, unterbrach der Husar, »ja, sie kam auch in mein Dorf. Und jeder ward von ihr ergriffen. Jeder.«

»Ihr wart dabei?« fragte die Alte.

»Nein. Krieg kam, und ich wurde geholt. Zwei Jahre war ich zu Pferd, vor der letzten Schlacht bracht' man mir die Kunde –« Der Husar hielt inne.

»Die Kunde?«

»Die Kunde, daß alles abgebrannt, zerstört. Von den Dorfbewohnern selber. Einer hatte gefehlt oder war eines Fehlers bezichtigt worden. Es geschah wie hier. Verbrannt das Dorf, die Männer tot, die Frauen fort, die Kinder – irgendwo.«

Der Husar erhob sich.

»Habt Dank. Ich muß weiter.«

»Weiter?« fragte die alte Frau. »Wohin?«

»Ich such' ein Dorf. Ein Dorf wie meines. Ich hab' alle Zeit der Welt, es zu finden. Alle Zeit der Welt.«

Die alte Frau hielt dem Pferd ein Stück Brot hin, segnete

den Reiter und packte die erfrorene Katze, die auf der Schwelle lag. Sie sah dem Husar nach, lange, streichelte das Fell und schmiß die Katze, als der Reiter verschwunden war, in den Schnee.

Der Mann, der Glück brachte

I

Es war kühl; vier Uhr nachmittags, und das feuchte Laub klebte an den Schuhsohlen. Die beiden Männer saßen auf einer Bank, eingemummelt in ihre Wintermäntel wie in aufgeschlitzte Kaffeewärmer, und warfen teilnahmslos Blicke nach den Schwestern, die fröstelnd durch den Kastanienpark eilten. Sie sogen abwechselnd an einem Zigarettenstummel. Wenn einer von ihnen den zentimeterkurzen Rest fortschnippte, rückten Tauben von Rasen und Kiesweg eilends herbei und wandten sich enttäuscht wieder ab. Der eine der beiden Männer spähte wieder zum anderen Ende des Parks, an dem ein Haus aus der Jahrhundertwende stand. Die Fassade wurde renoviert; Arbeiter hantierten auf dem Gerüst, hämmerten Stahlbolzen in die Mauer und zogen mit Seilzügen Gipskessel in die Höhe des dritten Stockwerks.

Der ältere der beiden, ein hagerer, sechzigjähriger Mann, der einen ausgefransten, breitkrempigen Strohhut trug und einen weißen Seidenschal um Ohren und Stirn gebunden hatte, zerrte ein Taschentuch aus der Jacke, entfaltete es und begann Reisklümpchen zwischen den Taubenschwarm zu werfen. »Deswegen bin ich eigentlich gekommen«, sagte er, »fast hätt' ich's vergessen. Und der Teufel soll mich holen, wenn ich noch weiter hier warte.« Er erhob sich, warf den Rest des verklebten Reises auf den Kies und setzte sich wieder. »Mir ist es überhaupt gleichgültig, ob er hier ist oder nicht, und was kannst du schon von ihm erwarten?« Der andere gab keine Antwort. Er spähte geradeaus. Sein Kopf war haarlos, und die untere Gesichtshälfte bestand aus wülstigen Fleischklumpen mit dünner, gespannter Haut. Als er sprach, wurden seine Zähne sichtbar, weiß, prothesenähnlich unter den zerschrumpften Konturen der früheren Lippen. »Ich werde jeden Tag hier warten«, sagte er. »Einmal werden sie ihn rauslassen müssen. In einer Woche findet der Prozeß statt, und da werden sie ihn ins Untersuchungsgefängnis zurückbringen.«

»Das Haus drüben ist leer«, versetzte der ältere gleichmütig. »Gestern fuhr ein Lastwagen mit Holzbalken, Tapetenfetzen und alten Bettgestellen vorbei. Das Haus ist leer.«

»Es ist nicht leer«, beharrte sein Nachbar und betastete mit den Fingerkuppen die Fleischhügel um seine Mundöffnung. »Kersten, Dr. Kamacher, der junge Seigert – die waren alle im L 8 drüben –«

»Kersten ist gestorben, der junge Seigert ist im L 4, endgültig, und Kamacher wurde entlassen.«

»Ich glaube nicht, daß jemand entlassen wird.«

Der Mann mit dem verschrumpften Mund bückte sich, hob eine Handvoll Kies und begann mit Steinchen nach den Tauben zu werfen.

»Laß das«, befahl der ältere. »Besser, du rauchst.« Der andere griff, ohne seinen Blick vom Haus am Ende des Parks abzuwenden, nach der zwischen ihnen liegenden Zigarettenpackung, brannte ein Streichholz an und ließ die Zigarette zwischen den Lippenwülsten baumeln.

»Er ist hier«, insistierte er gleichmütig.

»Weißt du, wie er aussieht?«

Der andere zögerte. »Nicht genau. Sie haben ihn ja nachts hergebracht, in der Zeitung war kein Foto von

ihm. Aber ich kann mir dennoch ein Bild machen.« Der
fette Mann verdeckte Kinn und Mund unter der Hand
und lachte lautlos. »Man hörte ihn lachen«, fügte er
hinzu. »Er lachte, als sie ihn durch den Park schleppten,
alle im L 2 hörten es.«

»Das erzählst du doch immer von *dir*«, sagte der alte
Mann.

»Ich meine, daß du lachtest, als sie dich brachten.«

»Vielleicht. Aber DMDGB lachte auch. Er lachte, daß die
Scheiben zitterten.«

»DMG – was?«

»Der Mann, der Glück bringt. Eigentlich heißt er Rarstan, Herbert Rarstan oder ähnlich. Er soll ziemlich arm
sein, freilich, sonst hätten sie ihn ja nicht hierher bringen
können. Aber er brachte einfach allen Glück, die ihn be-
rührten oder die er anredete. Die Behörden wurden
schließlich mißtrauisch. Wo immer DMDGB auftauchte,
entstand Aufruhr.« Die fünf Initialen kamen mit einer
Schnelligkeit aus seinem Mund, als handelte es sich um
die Firma, in der er jahrelang gearbeitet hatte. Er bückte
sich nach Reisklümpchen, die die Tauben übersehen hatten, und warf sie ihnen zu.

»Glück?« fragte der Mann mit dem Strohhut.

»Ja. Glück. Was so Glück bedeutet. Man gibt etwas,
bringt etwas, schenkt etwas… Das ist alles. Und DMDGB
gelang das. Die Leute schenkten sich, was immer sie zu
schenken hatten. Er brauchte nur aufzutauchen. Lies die
Zeitungen!«

»Glück ist doch auch: Man erträgt alles und findet den
Tag gut«, sprach der Mann mit dem Strohhut ins Leere.

»So, als erwachte man an einem Sommermorgen, Milch-
flaschen stehen vor der Haustüre, und der Briefkasten ist

voll von Briefen. In Avignon hab' ich das einmal erlebt. Aber das war vor der Zeit, als ich am Meer meine Ohrmuscheln liegen ließ.« Er tastete nach den Schläfen und der Kopfbinde und ließ die Hände wieder fallen. Der andere hörte nicht auf ihn. Er hatte den Blick vom Ende des Parks abgewandt und guckte nach den Tauben.

»Einmal hätt' ich ihn fast gesehen. In einem Warenhaus. Hunderte von Frauen waren da, Leib an Leib, rissen Wollmützen und Höschen an sich, besahen Pullover und Blusen und solches Zeug, um es gleich an Nebenstehende oder Gegenüberstehende weiterzugeben. Irgendwo im Gedränge führten sie einen Mann ab, doch niemand sah sich um. Ich versuchte ihnen zu folgen, aber es waren zu viele Leute da.« Er blies den Rauch der Zigarette dampflokartig aus dem Schlund, hustete, und reichte den Stummel zurück. »Schmal muß er sein«, fügte er bei. »Fast mager. Ein Mann, der Glück bringt, muß hager sein. Nicht wie ich. Ich bin fett.« Der zerfleischte Unterteil seines Gesichts zuckte, als er – gleichsam bestätigend – auf seinen Bauch herabsah, auf die kurzen, stämmigen Schenkel, die breit auf der Kante der Holzbank lagen. Dann starrte er wieder nach dem Haus am Ende des Parks. »Bestimmt haben sie ihn irgendwo eingesperrt«, flüsterte er. »In einem Hinterzimmer oder so.«

Die Luft war kälter geworden, und die Konturen der Kastanienbäume versanken in den Nachthimmel. Über dem Giebel des Hauptgebäudes mit dem Eingang schimmerte die Stadt. Die Tauben waren verschwunden, und die Glastüren der Pavillons leuchteten aus neun verschiedenen Winkeln des Parks, von dessen Mitte Kieswege zu den Türen führten. Im Halbdunkel tauchte ein Mann auf und fragte, wo die Toiletten lägen. Dann trat er näher, deutete grinsend mit beiden Zeigefingern an sich herab und begann zu pinkeln. Sekunden später tauchten Wärter auf und führten ihn auf einem der Kieswege zurück; er leistete greinend Widerstand, und die Spitzen seiner Schuhe schürften den Kies. »Der Schreinermeister aus L 9«, sagte der Mann mit dem Strohhut. »Es wird dunkel.« Sie schwiegen einen Augenblick, dann versetzte der Mann mit dem Strohhut: »Damals, als ich die Zugbrücke malte – das war Glück. Aber kann man Glück weitergeben?«

»Du bist mager«, sagte der andere, »an sich könntest du Glück bringen.«

»Glück ist ein Kornfeld mit einem Rabenschwarm oder ein Paar alte Schuhe in einer Zimmerecke. Man muß es bloß sehen.«

»Glück ist, was man gibt, nicht was man hat«, beharrte der andere. Sie erhoben sich. Der dicke Mann warf einen forschenden Blick nach dem Ende des Parks und zertrat den Zigarettenstummel im Laub, das stanniolen knisterte; dann schlurften sie in der Dämmerung um die Raseninseln herum, den Kiesweg entlang. Eine weiße, vornübergebeugte Gestalt kam ihnen entgegen und blieb stehen. Sie grüßten. Die Gestalt erwiderte den Gruß und wandte sich wieder zum Gehen. Der alte Mann mit der seidenen Kopfbinde lüftete höflich seinen Strohhut und ging ein paar Schritte weiter. Der andere blieb stehen.

»Herr Doktor?«

»Ja.«

»Darf ich Sie einen Augenblick stören?«

»Sie stören mich nicht, Herr Greeben«, antwortete der Arzt geduldig und machte eine beiläufige Handbewegung, als versuchte er eine Müdigkeit wegzuwischen, die zufällig über seinen Gesichtszügen lag. Der kleine dicke Mann mit dem zerfleischten Gesicht fummelte in seinen Taschen und brachte schließlich einen Fetzen Papier zum Vorschein.

»Es ist ein neues Gedicht«, sagte er. »Darf ich es Ihnen vorlesen?« Der Arzt ergriff wortlos seinen Ellbogen und führte ihn zwei Schritte weiter zu einem der abschirmenden Rasenlichter, unter deren Schein ein runder Grasflecken eine künstlich grüne Farbe annahm. Greeben bückte sich langsam, glättete das Blatt und räusperte sich.

»Mein Herz«, begann er. Der alte Arzt nickte und beugte sich zu dem entstellten Gesicht, das zu ihm emporsah. »Mein Herz.«

»Ja. Lesen Sie.«

»Mein Herz. Natürlich werden wir uns eines Tages verlassen. Wir werden uns gegenseitig verlassen. Du wirst als fleischener gewebiger Beutel zurückbleiben, zuckend, eingebettet in mein Fett. Das Du nie mochtest. Das uns aber vor vielem bewahrte, uns beide, ein Schutzwall vor dem Draußen, der lärmenden Helle, die Du nie mochtest. An jenem Tag und zu jener Stunde werde ich aus Dir herausbrechen. Aus einem Riß, den ich verschuldet habe. Ich, Dein Bruder. Dein Feind, Dein Besitzer und Beschützer. Dein Leibeigener und Pächter. Du wirst sterben, ich werde leben. Ich, ein Teil der Sonne, die keiner zu sehen bekam.« Greeben sah fragend auf. »Es ist noch nicht gereimt«, fügte er bei. »Aber das gibt sich schon.«

»Das Gedicht gefällt mir«, sagte der Arzt. »Ausgezeichnet, wirklich.«

»Ich schenke es Ihnen. Eigentlich wollte ich es als Aufruf

oder Manifest veröffentlichen.«

»Als was –?«

»Als Manifest. Es entspricht zumindest den modernen Untersuchungen über Herzverfettung, nicht wahr?«

»Ja«, antwortete der Arzt nachdenklich und faltete das Papier zusammen. »Ich werde es aufbewahren. Also, recht gute Nacht.«

»Herr Doktor, eine Frage, wenn ich bitten darf.«

»Ja. Bitte.«

»Das Haus dort unten, ist es leer?«

»Im Augenblick ist es bestimmt leer, Herr Greeben«, antwortete der Arzt. »Das Haus wird renoviert, außen und innen. Ich glaube, es ist völlig ausgeräumt. Warum fragen Sie?«

»Nur so«, antwortete Greeben. »Nur so, gute Nacht.«

Der Arzt folgte der Biegung des Kieswegs und ließ die beiden Männer im Halbdunkel stehen.

2

Der junge Mann auf dem Bett trug blaue Pyjamahosen, hielt die gefalteten Hände unter dem Hinterkopf und versuchte mit den Zehen einen Zipfel des Hemdes zu fassen, das über der Lehne eines Fauteuils lag. Er fluchte vor sich hin, da ein Stück Asche von der Zigarette abbrach und er die Funken eiligst aus den Brusthaaren wischen mußte. Er mochte vierundzwanzig oder fünfundzwanzig Jahre alt sein, besaß ein hübsches Allerweltsgesicht, das noch immer von seiner Jugend bestimmt war und nicht von dem, was sich Wohlwollende von ihm für die Zukunft versprachen. Seine breiten Backenknochen schienen trotzig oder zumindest aufgeplustert von Mißmut. Nach weiteren Versuchen erwischte er mit den Zehen das Hemd und schlenkerte es auf die Lehne eines näher gelegenen Stuhles; dann richtete er sich mit einem ächzenden Laut auf, riß das Hemd wie eine eroberte Feindesfahne von der Stuhllehne, stülpte es über Kopf und Schultern und sank wieder zurück, die beiden Kragendreiecke über den Ohrmuscheln und die Nasenwurzel dicht über dem zweiten Hemdknopf; er hielt mit verärgertem Schnaufen inne, beugte sich vor, guckte unter das Bett und zog einen Stapel ungerahmter Bilder hervor.

»Weiß er, daß die Bilder überhaupt nicht verkauft sind?«
Das Klappern und Brutzeln aus der Küche übertönte seine halblaute Frage. Er versuchte es lauter.

»Weiß dein Alter, daß die Bilder bloß unter deinem Bett liegen?«
Eine Pfanne wurde geschoben, und die Geräusche in der Küche verstummten.

»Daß was –?« fragte eine weibliche Stimme zurück.

»Daß die Bilder nicht verkauft sind?«

»Er fragt gar nicht. Er schickt einfach jeden Monat ein Bild, und ich schicke ihm einen Postscheck, unterzeichnet ›Theo‹. Mehr will er nicht wissen.«

»Aus seiner Biographie und dem vor ein paar Dutzend Jahren veröffentlichten Briefwechsel mit ›Theo‹ müßte er es eigentlich wissen«, murmelte der junge Mann.

»Was denn?«

»Hat er überhaupt einen Bruder?«

»Nein«, klang es aus der Küche.

»Und er fragt nie, wer ihm jeden Monat die hundertfünfzig Franken schickt?«
Die Geräusche aus der Küche setzten vehement wieder

ein, und die Frage blieb ohne Antwort. »Ungestraft wird in dieser Familie keiner geboren«, sagte der junge Mann zu sich selber. Er sah sich im Zimmer um, als wäre er zum ersten Male hier. Sein Blick fiel auf den Kalender, der noch immer den 5. August datierte, und glitt zum Fenster, in dem – als Ausschnitt – der efeuüberwachsene Turm fünfzigjähriger Gotik zu sehen war und das flache Dach eines Autosilos, auf dem zwei Männer in Trainingsanzügen hüpften und sich gegenseitig einen Medizinball zuwarfen; ihr angestrengtes Hauchen gefror in der Kälte. Der Zugucker hauchte simulierend mit, begann energische Kniebeugen, von denen er gleich fünfundvierzig versuchen wollte; keuchend hielt er nach dem zweiten Dutzend inne und ließ sich auf das Bett fallen. Nach einer Weile erhob er sich wieder, ergriff den Transistor und zog die Antenne heraus, bückte sich, stemmte das Gerät hoch, warf es von Hand zu Hand, legte sich auf den Teppich und hob es – zwischen die Fußballen eingeklemmt – auf und nieder; je nach Bewegung, Stellung oder Höhe veränderte sich die Lautstärke der Orgelmusik, die aus dem Apparat tönte. Die Musik stimmte ihn scheinbar nachdenklich; er hielt langsam inne, den dröhnenden Transistor noch immer zwischen die Fußsohlen geklemmt. Schließlich ließ er ihn fallen. Der kleine Apparat schlug auf dem Boden auf und verstummte. Der junge Mann packte ihn mit der Hand, hielt ihn gegen das rechte Ohr und ließ ihn ein zweites Mal fallen. Das Kunststoffgehäuse wies einen Sprung auf. Dann drehte er – noch immer auf dem Teppich liegend – den Kopf zur Seite, zog den Stapel ungerahmter Bilder unter dem Bett hervor und drückte langsam und beharrlich einen Yaleschlüssel durch die Mitte der obersten Lein-

44

wand. Er beobachtete mit halb erhobenem Kopf, wie die Farbe zu bröckeln begann und wie schließlich die Leinwand unter dem Yaleschlüssel riß; der Schlüssel stieß durch das nächste und übernächste Bild, kratzend, bohrend, stoßend.

Die Stimme aus der Küche ließ ihn den Schlüssel rasch zurückziehen.

»In drei Minuten wird gefrühstückt.« Und weiter: »In zwei Minuten und fünfundfünfzig Sekunden wird gefrühstückt. In zwei Minuten und zweiundfünfzig Sekunden —«

»Wann holst du den Alten ab?« fragte der junge Mann. Er hatte sich zur Seite gedreht und betrachtete, das Kinn auf die Hand gestützt, die Unterseite von Tisch und Stühlen, als gälte es, einen neuen Himmel zu erforschen. Dann wiederholte er laut: »Wann wird der Alte abgeholt?«

»In zwei Minuten und zweiundzwanzig Sekunden.«

Er wartete, bis die Stimme sagte: »Noch acht Sekunden, noch sieben Sekunden, noch sechs Sekunden...«, und erhob sich, griff nach der Hose, die über einer Stuhllehne lag und holte aus einer Tasche eine Fünfzigernote hervor, die er zusammengefaltet unter einen Aschenbecher legte, ohne auf die Stimme zu hören, die die Sekunden längst abgezählt hatte. Anstelle der Stimme erklang Küchengeklapper, und er zündete sich eine Zigarette an.

»Eine zusätzliche Minute«, rief sie aus der Küche. Er nickte wortlos, sah sich im Zimmer um und suchte sehr schnell, erst in dieser, dann in jener Ecke des Raumes, guckte hinter einen Bilderrahmen, spähte unter den Bodensatz einer waldgrünen Vase, stellte sie wieder hin, zog geräuschlos eine Schublade, die mit Wäsche gefüllt

45

war, tastete unter den Kleidungsstücken, betrachtete die zwei Geldscheine und legte sie sogleich wieder zurück, verärgert und mit dem Ausdruck eines Halbwüchsigen, der die Tugend seines Lehrmeisters auf die Probe stellt und keinen Makel entdeckt.

Wieder klang die Stimme aus der Küche: »Eins, zwei... jetzt.«

»Wie immer«, sagte der junge Mann. Er hatte sich auf die Bettkante gesetzt. »Wie immer: kleines Gesicht, ungekämmt, eine große Nase, zwei Oberschenkel, vier Eier im Glas, zwei Tassen, zwei Löffel und die grüne Hoffnung vor dem Bauch.« Das Mädchen, das mit einem gefüllten und geschmückten Servierbrett unter dem Türrahmen erschien, tastete mit einer Hand hinter den Rücken und ließ die grüne Gärtnerschürze auf die Schwelle fallen. Sie mochte nicht älter sein als der junge Mann, doch die morgendliche Ungeschminktheit betonte die drei Fältchen in den Augenwinkeln und das matte Pigment der Haut. Ihr Haar war fettglänzend wie Roßkastanien, und die Umrisse ihres Körpers ließen sich unter dem rosagetupften Flanellhemd sowenig oder soviel vermuten wie die Umrisse einer steinernen Frauenstatue unter einer Schutzhülle aus Plastik.

»Fang an«, sagte sie. »Ich hol' rasch den Morgenrock.« Als sie zurückkam, kaute er bereits an einem Butterbrot, setzte prüfend das Messer an und köpfte ein Dreiminutenei. Dann streute er Pfeffer und Salz darüber und begann es hastig auszulöffeln; er wischte mit dem Handrücken den Mund, verpackte einen Brocken Brot in den Rachen und würgte ihn hinunter. »Soll ich wirklich mitkommen? Er mag mich ja nicht. Abgesehen davon, bereite mich bitte auf die Farbe seines...« Er beschrieb einen skalpierenden Kreis um Ohren und Schläfen. »Welche Farbe?«

»Sonntags grau oder weiß«, antwortete sie sachlich, Splitter für Splitter von der Kuppe des Eis brechend. »Warum fragst du?«

»Hat er die Ohren noch, oder tut er nur so?«

Sie ließ den Löffel sinken, als handelte es sich um die zwölffache Wiederholung einer lächerlichen Tatsache. »Er hat sie noch. Aber er ist überzeugt, daß sie abgeschnitten sind.«

»Und wenn man ihn daran zupfen würde, so wie ein Schullehrer —«

»Ich möcht's nicht versuchen«, sagte sie, das Innere des Eis anstechend. »Überhaupt nicht. Er glaubt nicht an seine Ohren.«

»Und« — der junge Mann riß ein Brötchen entzwei — »wenn man ihn *sehr* stark daran reißen würde, an den Ohren, mein' ich —«

Das Mädchen ließ den Löffel sinken und begann zu weinen.

»Was fehlt?« fragte er. »Abgesehen von den Ohren. Was fehlt *dir*? Geld?«

Sie wischte die Tränen ab und aß weiter.

»Was mir an heißen Toastbrötchen auf die Nerven geht, ist die Tatsache, daß die Butter immer gleich zerschmilzt«, sagte sie hastig und guckte auf die Uhr. »Ich muß mich beeilen. Willst du mit oder nicht?«

»Sonntags hat's ohnehin immer zu viele Leute im Kino«, antwortete er kauend.

Das Mädchen trug Teller, Besteck und Überbleibsel des Frühstücks hinaus. Der junge Mann griff nach seinen Kleidern und stieg in die Hose. Mitten in dieser Prozedur tastete er nach der Hintertasche und holte das Portemonnaie hervor; er zählte stirnrunzelnd, watschelte zwei Schritte und zog leise und sorgsam eine Schublade heraus. Seine Rechte tastete unter den Kleidungsstücken, fand schließlich die beiden Fünfzigernoten und stopfte sie rasch in die rechte Hosentasche. Er pfiff vor sich hin, grinste und wurde unversehens wieder ernst, so, als hätte er sich selbst um eine Illusion gebracht.

3

Der klapprige Volkswagen fuhr die Allee entlang bis zum Haupteingang mit der Freitreppe; ein Taubenschwarm spazierte ungerührt vor dem heranfahrenden Vehikel. Das Mädchen trat brüsk auf die Bremse und hupte zweimal. »Du bist ja wohl blöd«, sagte der junge Mann verärgert und stemmte die Hände gegen die Windschutzscheibe. »Vater wartet schon«, sagte sie, nach links und rechts die Tauben bespähend, die gemächlich auswichen.

Der Alte trug seinen breitrandigen Strohhut und ein silbergraues Seidentuch um die Schläfen. Er wartete mit zurückgezogenen Schultern, soldatenhaft, beide Hände auf dem Knauf des Stocks, der in den Asphalt eingebohrt schien. Von nahem besehen, war sein Anzug abgeschabt und schlampte um die Beine. Freundlich und mit aufgerecktem Kinn grüßte er junge Assistenzärzte, Schwestern und Wärter, die ihren freien Sonntag hatten und unterhalb der Freitreppe an ihm vorbeigingen. Er verharrte in dieser Haltung, bis der Wagen unmittelbar vor ihm stand. Er lüftete leicht den Strohhut und küßte seine aussteigende Tochter auf die Stirn und streckte dann die Hand dem jungen Mann entgegen, der sich aus dem Sitz quälte und ihn mit der Andeutung einer Verbeugung begrüßte.

»Ich freue mich, Sie zum vierten Male zu sehen«, sagte der alte Mann. »Vielleicht war ich etwas brüsk letztes Mal, doch ein Vater hat seine Tochter zu hüten. Man vermag ohne Ohren zu hören und ohne Augen zu sehen, doch man sieht vieles mit den Augen. Setzen Sie sich wieder, wenn ich bitten darf.« Der junge Mann bückte sich in den Wagen und plumpste wortlos auf den Hintersitz, nicht unähnlich einem Clown, dem ein Hofschauspieler die Szene gestohlen hat. Der alte Mann saß vorn neben seiner Tochter, den Stock zwischen den Knien und die Hände wiederum auf den Knauf gelegt.

»Die Heizung ist kaputt, Vater«, sagte sie. »Ich hoffe, du frierst nicht.«

»Ich friere nicht.«

»Wo möchtest du hin heute?«

Er überhörte die Frage. »Hast du deinen Freund schon gestern getroffen?«

»Ja. Warum fragst du das?«

»Ich möchte zu den Schwänen«, gab er zur Antwort.

»Da waren wir aber vergangenen Sonntag.«

»Ich möchte trotzdem wieder hin.«

Als sich vom Hintersitz ein Seufzer vernehmen ließ, wandte das Mädchen einen Augenblick unwillig den Kopf. Der Wagen fuhr holperig an, bockte, blieb stehen.

»Entschuldige«, sagte das Mädchen. »Ohne *Choke* will er einfach nicht.« Der Motor heulte auf, und die Räder kamen in Bewegung. Sie fuhr vorsichtig.

Es war ein sonniger Winternachmittag; auf den Vorstadtstraßen trotteten sonntagsgekleidete Familien im Gänsemarsch; Laub und dürre Kohlstrünke wurden in den Schrebergärten verbrannt; junge Arbeiter in Wildlederhandschuhen und Zweireihern warteten vor einem Kino und kickten krakeelend eine blecherne verbeulte Biskuitschachtel herum.

Schließlich erreichten sie die erste Station der Trambahn. »Die Ausfahrtsstraße geht nach links, glaub' ich«, bemerkte das Mädchen. Sie fuhren wortlos und erreichten nach einer Viertelstunde einen Weg mit Pappeln, zwischen deren Stämmen die Bleifarbe des kleinen Sees glänzte; Leute hielten zeitungspapierene Kelche und schälten geröstete Kastanien, die in ihren Händen dampften.

Das Mädchen stieg aus, ging auf die andere Seite, öffnete die Wagentüre und half ihrem Vater beim Aussteigen.

»Junger Mann – wie ist bloß Ihr Vorname? Wie?« Er hielt den Stockknauf an die Stelle der Seidenschärpe, hinter der das Ohr zu vermuten war. »Be... Bu... Ba... – wie? Ach so. Ich verstehe. Balthasar. Balz.« Der junge Mann schüttelte den Kopf, doch der Alte fuhr fort: »Also, Balz, Sie gehen jetzt zum Kiosk dort unten und kaufen die Sonntagsausgabe, ja?«

»Sonntags werden keine Zeitungen verkauft«, bemerkte der junge Mann.

»Vielen Dank. Und später, wenn Sie die Zeitung gelesen haben, treffen wir uns wieder hier, ja? Oder bei den Schwänen«, fügte er hinzu und deutete mit dem Stock über den Horizont.

»Gut. Bei den Schwänen. Auf sehr spät.« Er warf seiner

Freundin einen wütenden Blick zu und stapfte grußlos davon, die Hände in die Manteltaschen vergraben, mit den Schuhen nach links und rechts Kies spritzend.

»Du verschwendest Zeit«, bemerkte der Alte, zu seiner Tochter gewandt. »Solche Leute kann man nicht malen. Höchstens fotografieren, und ich frage mich, ob es Sinn hätte.«

Sie gingen am Ufer des kleinen Sees entlang. Später setzten sie sich auf eine Bank, nahe am Ufer. Zwei Schwäne zogen auf dem Wasser Kreise, glitten seewärts und kehrten wieder zurück, abwartend, aufmerksam.

»Hast du noch genügend Taschengeld?«

»Genügend«, antwortete er. »Aber wenn du nochmals von Geld sprichst, möchte ich lieber ins Kino.«

»Verzeih«, sagte sie. Und nach einer Pause: »Woran arbeitest du?«

»An den Schuhen«, sagte er. »Noch immer an den Schuhen. Damals in Dings«, er knipste mit den Fingerspitzen, »brauchte ich sie bloß hinzustellen und zu malen. Solche Schuhe gibt's nicht mehr. Die Leute gehen nicht mehr wie damals.« Er schwieg. »Theo hat seit langem nicht geschrieben. Ich vermute, er hat immer noch kein Bild verkauft«, fügte er dann hinzu.

Das Mädchen öffnete die Handtasche, grapschte nach einem Kleenextüchlein und fuhr sich damit über Wangen und Stirne; dann holte sie einen kleinen Spiegel hervor und prüfte mit der Fingerspitze die Lippenkonturen. In diesem Augenblick erhob sich der alte Mann, ging eifrig auf einen entgegenkommenden Spaziergänger zu und fuchtelte mit dem Stock.

Der Angehaltene trug einen festlich verpackten Kuchenkarton auf der Handfläche, blieb erschrocken stehen und trat dann zwei Schritte zurück, die andere Hand schützend über den Karton haltend. »Ich verstehe Sie nicht«, stammelte er.

»Ein Stück Brot, bitte«, wiederholte der alte Mann freundlich und hartnäckig.

»Bitte, bitte... nicht«, röchelte der Angesprochene, ein dickleibiger Herr. »Ich bin fremd hier. Entschuldigen Sie –« Er stieß mit Spaziergängern zusammen, rannte zwei Dutzend Schritte, blieb stehen und sah sich wieder um; dann krähte er: »Unverschämtheit! Unverschämtheit so etwas.« Andere Spaziergänger blieben stehen, guckten nach dem dicken Herrn und wieder zu dem alten Mann, der den Kopf schüttelte. Jemand begann zu fragen.

»Er warf mit Steinen nach den Schwänen«, erklärte das Mädchen. »So ein Saukerl.«

»Hat er das?« erkundigte sich ein Bursche erbost. Er gab seiner Begleiterin den Schirm, den er für sie getragen hatte, und schickte sich an, dem dicken Mann nachzueilen.

Das Mädchen hielt ihn zurück. »Lassen Sie ihn. Vielleicht war's bloß ein Mißverständnis. Vielleicht wollte er die Schwäne bloß anlocken, nicht wahr, Vater?«

»Ja«, bestätigte der Alte verwirrt. »Das nehm' ich auch an. Eigentlich wollt' er ihnen bloß Brot zuwerfen oder Kuchen oder so.«

Langsam zerstreute sich die Gruppe wieder.

»Du sollst so was nicht tun, Vater«, bemerkte das Mädchen vorwurfsvoll. »Du kannst nicht wildfremde Leute anhalten und ein Stück Brot verlangen.«

»Ich werd's nicht mehr tun«, versprach er.

»Setz dich«, sagte sie in etwas belehrendem Ton, »ich

hol' uns eine Tüte heiße Kastanien. Aber du bleibst hier sitzen, ja?«

Er nickte.

Die beiden Schwäne zogen wieder ihre Kreise in der Nähe des Ufers. »Männlich und stolz«, sagte der alte Mann, als seine Tochter zurückkam. »Hast du eine Zigarette?«

Sie nestelte in ihrer Handtasche und holte Zigaretten und Feuerzeug hervor. »Und im richtigen Augenblick feige. Aber das merkt man nicht, weil sie ganz einfach einen Kreis ziehen. Weg vom Ufer, von dem man sie mit Steinen beschmeißt. Hast du je einen toten Schwan gesehen? Als Buben erschossen wir einen mit einem Flobertgewehr. Der lange Hals fiel plötzlich zusammen und trieb wie ein Schlauch auf dem Wasser —«

»Kommst du mit deiner Arbeit voran?« fragte sie, mit einer Fingerbewegung das Streichholz ausknipsend.

»Wie ich schon sagte: die Schuhe. Das Sujet läßt mich nicht los. Ich habe im ganzen Hause nach einem alten Paar Schuhe gefragt, aber es gibt bloß abgenutzte Halbschuhe. Wer malt schon Halbschuhe? Ich habe Theo deswegen geschrieben, aber er ist wohl zu beschäftigt im Augenblick. Vor zwei Wochen schrieb er mir, er habe ein Bild verkauft. Wahrscheinlich den Briefträger. Ich bin froh darüber. Keine Ahnung, was er dafür bekommen hat, aber ich stehe doch etwas weniger in seiner Schuld. Du weißt, die Hundertfünfzig, die er mir jeden Monat schickt —«

»Freilich«, bestätigte das Mädchen zerstreut. »Könntest du den Briefträger nicht noch einmal malen?«

»Meines Wissens haben wir gegenwärtig keinen Briefträger im Haus. Ein Postbeamter wurde letzte Woche entlassen. Er war nichtssagend. Er hatte die graue Gesichtsfarbe der Stadtmenschen. Er hätte ebenso gut Kaffeehausgeiger oder Chemiker sein können. Die Gesichter verlieren sich mehr und mehr.«

Sie rauchte, legte Knie über Knie und stützte den Rist des rechten Fußes auf den Knöchel des anderen Beines. Dann räkelte sie sich und starrte auf die nassen, grünlichen Steine am Seeufer.

»Hast du je von DMDG...« er begann ernsthaft zu buchstabieren –, »hast du je von DMDGB gehört?«

»Mhm, Näh- oder Mähmaschinen. Eine Riesenbude, glaub' ich.«

»DMDGB ist bloß einer. Ein Mann. Man hat ihn zu uns gebracht, weil er gefährlich wurde.«

»Nicht möglich«, bemerkte sie lustlos. »Ein Erfinder?«

»Er soll Glück bringen.«

Sie löste eine geröstete Kastanie aus seinen klammen Fingern und schälte sie. »Hier.« Dann wandte sie ihm ihr Gesicht zu, so, wie man zu einem Kind spricht, und nahm den vorausgegangenen Satz wieder auf. »Glück bringen?«

»Ja, Glück. Greeben spricht dauernd von ihm.«

Sie zog an ihrer Zigarette, hustete, und guckte aufmerksam dem Seeufer entlang.

»Greeben?«

»Ein Freund. Ich hab' dir erzählt von ihm.«

»Ach ja der... Mit dem Kiefer, der wie ein geschrumpfter Apfel aussieht.«

»Ja, Greeben.«

»Armer Kerl«, bemerkte sie. »Wollen wir nun ein bißchen zurückspazieren. Es wird kalt.«

Er blieb sitzen. »Arm ist er nicht. Er ist sogar reich. Seine Familie hat ihn zu uns gebracht. Er verkleidete sich dauernd als Sankt Nikolaus und brachte denen, die es nötig hatten, irgendwelche Geschenke. Als Tarnung, denn er brachte immer Geld. Riesensummen, glaub' ich. Festgenommen haben sie ihn letzte Ostern, als er in den Industriequartieren Eier verteilte, die in Banknoten eingewickelt waren. Sein Gesicht hat er ein halbes Jahr zuvor, am St. Nikolaus eben, zerstört. Aus Versehen natürlich. Sein Kunstseidenbart verfing sich in einer brennenden Kerze, und bevor er das Zeug runterkriegte, war sein Gesicht verbrannt. Die Verwandten hatten dann natürlich genug...«

Sie konnte nicht mehr zuhören.

»Spätestens um fünf mußt du ja an der Pforte sein«, fügte er hinzu. Sie erhoben sich und spazierten, im Schritt des alten Mannes, dem Ufer des Sees entlang.

»Balz wartet wohl schon lange und friert«, sagte der alte Mann besorgt.

›Balz‹ stand an die Tür des Wagens gelehnt, knabberte Kastanien und hielt ihnen die Tüte entgegen. »Die Zeitung hab' ich doch noch gekriegt«, versetzte er grußlos. »Am Zentralbahnhof.« Er holte die Zeitung unter der Achselhöhle hervor und streckte sie dem alten Mann, der den Kopf schüttelte, entgegen.

»Ich lese keine Zeitungen«, sagte er.

»Ich auch nicht«, antwortete ›Balz‹. Bloß heute. »Fauler Sonntag.« Er schmiß das Blatt in die Straßenrinne und stieg in den Hintersitz.

Der vereiste Asphalt glänzte unter den gotischen Neonbögen, die über den vorweihnachtlichen Boulevards brannten, und die Stadtmenge, Schulter an Schulter, schob mit kleinen Schritten an hellerleuchteten Schaufenstern vorbei oder blieb, die Nachfolgenden hemmend und anstaunend, vor den Schaufenstern stehen. Im Eingang eines Warenhauses gestikulierte ein Verkäufer, in silbernen Lamettafäden wühlend, die er sich spaßeshalber über Ohren und Schultern gelegt hatte. Er warf – zum Vergnügen der Umstehenden – zielsicher Büschel um Büschel der Stanniolfäden über die Äste eines Tannenbaums, der silbertriefend neben ihm stand.

Später, außerhalb der Stadt, bogen sie in den Seitenpfad mit den Pappeln ein und fuhren zur Steintreppe der Klinik. Das Mädchen hielt an, öffnete die Türe auf der andern Seite des Wagens und half ihrem Vater beim Aussteigen. Er umarmte sie, streckte seine Hand in den dunklen Wagen, aus der ebenfalls eine Hand auftauchte und die Geste erwiderte.

»Bis Weihnachten«, murmelte der alte Mann.

»Ja. Bis bald.«

Er stieg langsam die Treppe empor, winkte der Schwester am Schalter zu, durchquerte das Vorderhaus mit den lautlosen, halbbeleuchteten Korridoren und trat in den von Kastanienbäumen umringten Park. Im Halbdunkel erkannte er Greeben, der auf ihrer Bank saß. Greeben erhob sich fast feierlich und schoß den Zigarettenstummel wie einen winzigen Meteor in die Nacht.

»Hast du's vernommen?« Greebens Stimme klang feierlich.

»DMDGB vermochte auszubrechen. Niemand hat etwas bemerkt. Den ganzen Nachmittag saß ich hier, und nicht einmal ich hab's bemerkt, nicht einmal ich! Ein ungemein raffinierter Bursche... Wie sieht die Stadt aus?«

Greeben bebte vor Neugier.

»Vorweihnacht. Alles ist erleuchtet.«

»Er hat es also geschafft«, sagte Greeben glücklich. »Er hat es also geschafft. Nun wird das Glück so groß werden, daß man es wie Tauben von den Dächern schießen kann.« Sein fettes Gesicht strahlte im Aufleuchten eines Streichholzes, und er wiederholte: »Wie Tauben von den Dächern.«

Eine weiße Schürze leuchtete im Gartenweg. Die Schwester forderte die beiden auf, nun endlich ihre Zimmer aufzusuchen. Sie kehrte mit ihnen zurück, holte einen Schlüssel aus der Tasche hervor und öffnete die Türe, die außen und innen ohne Klinke war.

In den Wäldern des Herzens

Baldach kam mit einem Traum zur Welt.

Die Welt hielt ihn für einen Sonderling, vielleicht war er es tatsächlich, doch wir kannten uns von Kindsbeinen an, und da ich annehmen darf, daß er mir mehr als andern anvertraute, war für mich immer vieles verständlich, was Leute, die ihn später kennenlernten, als schrullig und querulatorisch empfanden. Nun, Cheops hat der Nachwelt eine Pyramide hinterlassen, Shi-Huang-Ti die Große Mauer, Baldachs Traum mag gewiß weniger gigantisch erscheinen, besessen war er von ihm wie jener Ägypter oder der Chinese: er wollte etwas von sich auf dieser Welt zurücklassen, er wollte ein Zeichen in den Baum der Zeit ritzen, eine Rune, die sein Dasein auf der Erde bestätigte; dennoch, es war nichts Eitles dabei, wobei ich dies einzig für jene bemerke, für die Bescheidenheit eine Tugend ohne weitere Verpflichtungen darstellt. Hätte Baldach von den Baumeistern des Turms zu Babel den Auftrag für eine Lieferung behauener Steine erhalten, so wäre er wohl so lange mit dieser Arbeit beschäftigt gewesen, daß die vier oder fünf Steine, die er am Ende der Frist lieferte, für die ganze Zeit der Vergänglichkeit dieser Erde zu seinen, Baldachs, Ehren, die Mauern des Turms hätten tragen helfen. Bezeichnenderweise – ich gedenke diese Tatsache auch im Nekrolog zu erwähnen – stammte Baldach aus einer Familie, in der die Söhne – merkwürdig genug für dieses Land – niemals den Beruf oder das Geschäft oder gar die Ansichten und

Weltanschauung des Vaters übernahmen. Jeder hatte etwas Neues begonnen und die Früchte der Ingeniosität Leuten überlassen, die sie zweifellos mit Kraft, Würde, Ausdauer und Fleiß zu ernten wußten. Es erscheint mir auch erwähnenswert, daß einer der Vorfahren Baldachs eine der berühmtesten Uhrenfabriken des Landes ins Leben gerufen hatte; von seinem Bemühen weiß nur mehr die Chronik jenes Industrieunternehmens zu erzählen. Ja, es war eine Familie, deren männliche Mitglieder mit erstaunlichem Starrsinn auf das Dasein als Sohn verzichteten; jeder wollte Vater sein, Schöpfer von etwas Neuem und Eigenem, und ich sehe darin auch einen Zusammenhang mit der Tatsache, daß der mir bekannte Zweig der Baldachs mit Religion nichts anzufangen wußte, und ich möchte – wiewohl ich das als Theologe gerne täte – keinem der Baldachs insgeheime Gottgläubigkeit unterstellen; Baldachs Jenseitsglaube bestand in dem, was er tat, in seinem Werk. Sein Werk allerdings, sein Traum eben, blieb unvollendet, und was davon vollendet war, zerstörte er am Ende.

Baldach war Ingenieur von Beruf, doch er übte ihn nie aus. Er schloß 1911 an der Technischen Hochschule ab, ein Jahr nachdem ich selbst mein Studium beendigt hatte, und lebte bis zum Ausbruch des Weltkriegs in Amerika. Der Krieg war allerdings nicht der Grund seiner Rückkehr. Baldachs Vater war gestorben und hatte ihm ein Stück Geld hinterlassen. Er tauchte nur kurz in unserer Stadt auf, ordnete, was es zu ordnen gab, und fuhr dann mit den ersten deutschen Truppen an die Front, nicht als Soldat natürlich, sondern als Fotoreporter. Fotografieren war seine Leidenschaft, und ich erfuhr erst später, wie wenig ihn sein Studium interessiert hatte.

1917 kehrte er in unsere Stadt zurück, erstand sich ein Haus in der Altstadt und eröffnete einen kleinen Laden. Aufnahmen idyllischer Winkel der Stadt waren im Schaufenster aufgehängt, Pappeln am Bach, nackte Säuglinge, gescheitelte Kinder im Kommunionskleid mit Gebetbuch und weißer Kerze, glotzende Vereinsmitglieder in drei Reihen, Waldschneisen mit äsenden Rehen und Porträtfotos geachteter Mitbürger – es war gewiß nichts Außergewöhnliches an diesem Geschäft, doch es war um so außergewöhnlicher, daß einer der Baldachs das Tagaustageinleben eines Jedermann führte; in den ersten Jahren munkelte man von einer aufsehenerregenden Erfindung, an der Baldach nachts arbeitete, und manche faselten von einer Erfindung, die naturechte Farben auf die Platte zu bannen vermöge. Allmählich legten sich die Gerüchte um das Außerordentliche, und man behandelte ihn, wie man eben skurrile Junggesellen zu behandeln pflegt: mit freundlichem Neid die Männer und mit mütterlicher Freundlichkeit die Frauen, die insgeheim hofften, ihn eines Tages doch im allesglücklichmachenden Ehestand zu sehen. Baldach blieb Junggeselle, und da er fast jedes Wochenende die Stadt mit der Bahn verließ, war man auch überzeugt, er huldige irgendwo einer heimlichen und doch ehrbaren Liebe. In Wirklichkeit fuhr er fünf Dörfer weiter, stieg in den entgegenkommenden Zug um und zwei Stationen vor seiner Stadt wieder aus. Dann marschierte er, kästchen- und rucksackbeladen, über die Brander Höhe in den Argolfwald. Dort hätte man sein Geheimnis entdecken können: eine Tanne in der Lichtung des Mischwalds und daneben das Ufer eines kleinen, vom Schilf fast verdeckten Weihers, den die Sonntagsfischer mieden, weil einst – so erzählte man sich – ein Neider dort Sonnenbarsche ausgesetzt hatte, exotisch schillernde Fische, die ihre weniger ansehnlichen, doch eßbaren Artkollegen mit den Rückenstacheln umbrachten. Wie immer, es war ein verschwiegener Winkel, und niemand hätte geahnt, wie hier baldachischer Schöpferwille mit Ingrimm vollzogen wurde. Jede Regung eines Frühlingsmorgens, jedes Schillern der Nacht im Weiher bei der Tanne, jedes Verändern des Gesichts, das die Jahres- und Tageszeiten mit sich brachten, wurde hier aufgenommen, entwickelt und datiert: nichts als das Wachsen *eines* Baumes in einer Umgebung, die immer dieselbe und immer anders war. Müßte ich mich wissender ausdrücken: Ein Vorsokratiker und Hokusai hinter der Kamera, einem lächerlichen Kasten mit schwarzem Tuch, das den »Schöpfer« verhüllte und ihn »Vöglein flieg!« rufen ließ, wenn Menschen posierten. Dort posierte kein Mensch. Eines Tages jedoch, im frühen Februar, vernahm Baldach ein Splittern im gefrorenen Weiher und die hellen Schreie eines Kindes. Er verfing sich beinahe unter dem schwarzen Tuch, stolperte über das hölzerne Stativ und sprang ins einbrechende Eis. Zweimal mußte er unter das Eis tauchen, das seine Füße und Arme in immer größerem Kreise zerschlugen, bis er die Schulter eines kleinen Jungen zu packen vermochte. Er zog ihn ans Ufer und wurde dort von einem händeringenden, winselnden Mann empfangen, der es nicht gewagt hatte, in den Weiher zu springen, um sein Kind zu retten. Der Mann hieß Strau, Karl Strau, und der gerettete kleine Bub Franz, Franz Strau.

Nun, beim Wiederlesen dieser Seiten, muß ich feststellen, daß ich, um die Geschichte glaubhaft bleiben zu lassen, nicht in der Anonymität des Chronisten bleiben kann und von mir und dem heutigen Tag erzählen muß...

Es ist der Tag, an dem Andreas Baldach beerdigt wurde. Es ist neun Uhr abends, und ich habe die Trauerrede gehalten. Die Wahrheit sprach ich in Gleichnissen, doch wer kann im Zeitalter der Tagespresse in Gleichnissen die Wahrheit sagen? Wer Gleichnisse mitanhört und versteht, braucht keinen Prediger. Ich erzähle das, als wäre der Leser ein hörbegieriger Nachbar, der von mir nichts und von Baldach alles zu wissen glaubt und für den alles und jegliches Gerede Kolophonium ist für den Geigenbogen, der das Lied für die Ohren des Nachbarn streichen wird.

2

Gestern abend rief mich eine entfernte Verwandte Baldachs an, irgendeine Cousine von seiten des mütterlichen Elternteils, mit dem er meines Wissens kaum je Kontakt gehabt hatte. Sie erkundigte sich zuerst behutsam nach einem möglichen Testament, doch ich verwies sie an seinen Anwalt. Nach einer Stunde meldete sich die nämliche weibliche Stimme wieder, etwas freundlicher diesmal; vielleicht hatte ihr der Anwalt Hoffnung gemacht. Ob ich eine kleine Trauerrede, nur eine kleine, für den verstorbenen Freund halten würde? Baldach sei nicht das gewesen, was man einen gläubigen Menschen nenne, erklärte ich, doch die weibliche Stimme belehrte mich zu Recht, die Freundespflicht habe ja wohl kaum etwas mit dem Glaubensbekenntnis eines Menschen zu schaffen. Schließlich erklärte ich ihr, es sei der ausdrückliche Wunsch Baldachs gewesen, keinerlei Aufhebens von seinem Tod zu machen, keine Musik, keine Reden, keine Zeitungsanzeigen. Das sei der Wunsch eines Verbitterten, eines Enttäuschten gewesen, belehrte mich die Frauenstimme. Ich antwortete, ich wisse das nur allzu gut. Nun, fragte sie, Sie werden also die Trauerfeier leiten? Ich werde eine kleine Rede halten, sagte ich. Vergessen Sie nicht, zu erwähnen, daß er einem Menschen das Leben gerettet hat, und daß er dafür die Lebensretter-Medaille erhielt. Lebensretter-Medaille? Davon hatte er nie gesprochen. Eben! Die Stimme triumphierte. Das wußten Sie nicht. Sie räusperte sich. Carnegie-Medaille heißt sie, erklärte die Frau und begann zu erzählen, daß sie mit einem sehr aufmerksamen Herrn des Erbschaftsamtes einen kleinen Inspiziergang durch Baldachs Haus unternommen habe, in ihrer Eigenschaft als nächste Blutsverwandte eben, sie habe übrigens die getigerte Katze mitgenommen und bei einem Tierarzt einschläfern lassen, und zufällig, als der sehr korrekte Beamte des Erbschaftsamtes eben die Haustür plombieren wollte, habe sie noch einen Blick in die Rumpelkammer geworfen, und da hätten sie beide gleichzeitig das Ding auf dem Boden liegen sehen, ganz staubig und verschmutzt; überhaupt der Schmutz in diesem Hause! Sie schien sich zu schütteln und fügte dann in einem Anfall von Verständnisbereitschaft hinzu: Er war eben Junggeselle. Eben, stimmte ich bei. Dann begann sie wieder von der Lebensretter-Medaille zu erzählen. Sie habe sie schön gereinigt und werde sie morgen früh an das Sargtuch heften. Das wäre kaum im Sinne des Verstorbenen, wandte ich ein. Ihre Stimme wurde scharf. Darüber werden die nächsten Verwandten bestimmen, Herr Pfarrer. Ich schwieg. Wissen Sie übrigens, wer morgen auch anwesend sein wird? fragte sie dann. Herr Strau, Herr Franz Strau wird persönlich kommen.

Dazu fiel mir nichts ein. Nicht einmal eine passende Floskel. Sind Sie noch da? fragte die Stimme nach einer Weile. Ja, antwortete ich, aber ich möchte nun schließen: Wir sehen uns morgen. Noch bevor sie aufhängte, hörte ich, wie sie einer dritten Person ihrer Entrüstung über meine Person Ausdruck gab.

Ich bin Junggeselle wie Baldach, und meine Haushälterin hatte ihren freien Tag. Ich goß in der Küche Tee auf, holte die Flasche Courvoisier aus dem Wandschrank und setzte mich an den Schreibtisch.

Es ist übrigens Donnerstag, ich habe die Donnerstagabende fast immer bei Baldach verbracht, oder er kam – seltener zwar – die paar Altstadtgassen bei mir vorbei und sprach, weniger mit mir als zu der Cognacflasche, wobei er unablässig rauchte. Betrunken allerdings habe ich ihn nie gesehen. Dann wieder gab es Abende, da er einen Stoß Fotos aus einer Kammer holte. Aufnahmen aus dem ersten Weltkrieg und auch Bilder vom Spanischen Bürgerkrieg, dem letzten Krieg, an dem Intellektuelle noch mit Überzeugung hatten teilnehmen können, wie er zu sagen pflegte. Der Krieg mochte ihm die Idee eingegeben haben, der Zufall brachte die Ausführung. Der Zufall jenes Winternachmittags. Baldach wickelte den kleinen Franz Strau in seine gefütterte Lederjacke und trug ihn, begleitet vom noch immer flennenden Vater Strau, ins nächste Dorf. Der alte Strau, falls dies überhaupt interessieren mag, war Gemeindepolizist, Gemeindeausläufer, wie man boshaft sagte, denn seine Tätigkeit bestand darin, die Beitreibungsforderungen oder Bußen selbst ins Haus zu bringen und genüßlich quittieren zu lassen; er war, wenn man mich fragt, ein übler Bursche. Dies erfüllte Strau mit solchem Stolz, daß er sich in einem kleinen Zeitungsaufsatz zu seinem fünfundsechzigsten Geburtstag bescheinigen ließ, »die Verbrecher hätten es nicht leicht unter ihm gehabt«. Ich erzähle dies nur, weil Franz Strau, der Sohn, es später auf nämliche, wenn auch geschicktere Art verstand, sich von irgendwelchen Untergebenen kleine Meriten zuschieben zu lassen.

Nachdem Baldach den kleinen Franz gerettet hatte, mochte der Traum von der privaten Cheopspyramide wieder in ihm erwacht sein. Der Baum an der idyllischen Lichtung am Waldweiher war vergessen. Er wollte ein Leben fotografieren. Jawohl, *ein Leben.* Zwar hatte er, was seinen Plan, seinen Traum eben, betraf, ein paar Jahre verpaßt: die ersten fünf Lebensjahre des kleinen Franz Strau, den er – wo immer, wann auch immer – zu fotografieren gedachte, wöchentlich einmal, mindestens wöchentlich, so daß er schließlich den Ablauf eines ganzen Menschenlebens festgehalten hätte. Daß er selbst, Baldach, schon ein sehr erwachsener Mensch war, kümmerte ihn so wenig, wie je ein Cheops oder ein Shi-Huang-Ti den Tod in sein geplantes Lebenswerk einbezogen hätte. Baldach wollte ein Leben mit der Kamera festhalten. Und hier will ich vorgreifen: Baldach war kein Künstler. Wäre er ein Künstler gewesen – er verzichtete weiß Gott auf diese Bezeichnung, und zwar mit ›vorzüglicher Hochachtung‹ –, hätte ihn die Tatsache nicht nur unerschüttert gelassen, sondern sogar fasziniert: der kleine Franz Strau wurde zu einem ebenso erfolgreichen wie angesehenen Mann, ein Übeltäter, der Gesetz und Recht studierte, um es zu hintergehen. Es gab keinen

Ehescheidungsprozeß, den Franz Strau verlor, keinen. Doch ich möchte auf Details verzichten. Franz Strau wurde nicht nur ein wert- und würdeloser Mensch, er war von Übel. Als er achtunddreißig Jahre alt geworden war – man kann hier die Geduld und Hoffnung Baldachs fast abmessen –, achtunddreißig Jahre also, verzichtete Baldach in einem kurzen Brief auf die Fortsetzung seines Lebenswerks. Strau – ich war mehrere Male zugegen – fühlte sich in seiner Ehre, die er zu jener Zeit auch politisch auszunützen begann, Strau fühlte sich in seiner Ehre verletzt. Und dabei bin ich einmal mehr überzeugt, Schlechtigkeit sei eine Dimension der Dummheit. Ja, in einem weiten Sinne, ich denke an Pascal, ist das Böse dumm, wobei ich böse von schlecht unterscheide.

An jenem Abend, an dem Baldach sein Werk abbrach, besuchte ich ihn; er saß wie immer in der Küche, ich erinnere mich nicht, ihn je in einem andern Zimmer des Hauses angetroffen zu haben, er saß in der Küche und tippte auf einer schadhaften *Underwood* einen Brief, umgeben von randvollen Aschenbechern und Weingläsern, aus denen er abwechselnd, ohne sie auszuspülen, Milch trank oder Ovomaltine; im Hausflur roch es nach eingekellerten Äpfeln, hier in der Küche nach Schaffleisch und Bohnen, Berge von Tellern standen im Abwasch, und man konnte die zusammengeknüllten Papiere, weggeworfene Blätter, kaum unterscheiden von den Taschentüchern, die herumlagen; eine seiner Untugenden, Taschentücher herumliegen zu lassen. Nun ja. Ich nahm zwei brennende Zigaretten vom brandgelöcherten Wachstischtuch und warf sie in den Ausguß. »Nimm dir ein Glas«, meinte er, mich über die Brille hinweg fixierend, »ich bin gleich zu Ende.« Er tippte noch ein paar

Buchstaben und las sich das Geschriebene laut vor, noch immer abwägend während des Redens, Wort für Wort, und als er zu Ende war, begann er noch ein zweites und ein drittes Mal und vergaß auch nicht, die ›geziemende Hochachtung‹ am Ende des Briefes zu betonen. »Lieber Franz, Vorkommnisse in Deinem Leben und Deine entsprechende Verhaltensweise veranlassen mich, den Unterzeichneten, jeden Kontakt mit Dir abzubrechen. Ich wollte Dich als Menschen fotografieren, und *Sie* haben sich nicht als solcher erwiesen. Sie sind für Fotopapier zu unwürdig. Mit der Ihnen geziemenden Hochachtung – Andreas Baldach.« Er faltete den Brief zusammen und steckte ihn in ein Kuvert. Sein Gesicht war von Schweißperlen überperlt. Er griff mit der Rechten auf die Holzbank, nahm ein zerknülltes Blatt, ließ es fallen und angelte nach dem nächsten. Er murmelte etwas von Taschentuch, und ich warf ihm das zunächst liegende über den Tisch zu. »Danke. Weißt du, so merkwürdig es tönt, ihn trifft die Sache noch stärker als mich, ich bin überzeugt.«

»Wahrscheinlich sah er sich als Auserwählter«, bemerkte ich.

»Wer würde es schon als Ehre empfinden, jede Woche eine halbe Stunde fotografiert zu werden, und dazu mit der Aussicht, daß dies bis ins Alter geschieht. Ein anständiger Mensch hätte Hemmungen.« Ich bereute im nächsten Augenblick, dies gesagt zu haben, doch es schien ihn nicht zu berühren. »Jeder hat ein Thema, jeder, du oder sonst einer; wenn man lange genug lebt, erfährt man, wie Themen überholt werden, und ich hab' natürlich immer gehofft, daß ein Mensch Thema ist, vielleicht ist er tatsächlich eines. Ich bin Ästhet und Moralist und deshalb kein Künstler. Das ist die Sache in einer Nußschale. Möchtest du einen Tee?« Ich versuchte etwas einzuwenden, doch er wandte sich brüsk ab und begann die Papierfetzen zusammenzulesen. Dann setzte er eine Kanne auf die Herdplatte, wischte die mit Wein und Asche bekleckerte Tischplatte ab und starrte aus dem Fenster. »Ich sehe einfach keinen Sinn darin, mich jahrelang mit einer mittelmäßigen Sau abzugeben. Ich kann sein Gesicht nicht mehr ertragen, wenn er so dasteht und denkt, er werde dereinst als Mona Lisa kleiner Dreckpolitik in die Geschichte der Fotografie eingehen. So, und nun reden wir nicht mehr darüber.«

Bis gegen Morgen verbrannte er alle Filme und Kopien, auf denen Franz Strau zu sehen war; der Kamin rauchte bis gegen Mittag, nach Mitternacht brach der Föhn herein, und der Gestank des zelluloidverbrannten Franz Strau hing in allen Gassen, Baldachs ironischen Wunsch verkündend, Strau möge eines Tages beim Auffüllen seines Zigarettenanzünders Feuer fassen und inmitten seiner Tafelrunde in Flammen aufgehen.

Ich blieb bis drei Uhr. Wir tranken noch zwei Flaschen Wein, und Baldach ging immer wieder in den Keller, um den Ofen aufzufüllen. Als wir uns verabschiedeten, lachte er, steckte die Hände in die Hosentaschen und sah mich an.

»Darf ich dir nun eine Heimbeschäftigung geben, eine geistig-seelische? Ja?«

Ich nickte.

»Ich habe dem Franz Strau das Leben gerettet, ja?«

Ich nickte wiederum.

»Ich würde ihn heute ersaufen lassen.«

Ich zuckte verständnisvoll die Schultern, und er fügte

hinzu, fast an meiner Stelle:

»Wenn ich gewußt hätte, daß... Du verstehst mich?«

»Freilich«, antwortete ich tonlos.

»Freilich, freilich!« wiederholte Baldach höhnisch, »was heißt hier freilich, du kleiner, mieser Dreckpfaffe, wie kriegst du das alles in deinen Kuchen, hm?«

Ich stand steif wie eine Plakatsäule da. Nichts fiel mir ein, keine Antwort. Freunde stellen immer die schwersten Fragen. Ich mochte ihn nicht beruhigen, es gab keine Antwort. Keine überzeugende Antwort. Gegen den Zorn von Freunden gibt es keine schützende Antwort, man muß alles preisgeben oder sich erniedrigen.

»Leb wohl«, sagte meine Stimme, »wir reden in einer Woche wieder darüber.«

Er lachte grell. Er kam die drei Stufen herunter, trat nahe an mich heran und begann ein hustendes Lachen, ein stockendes Brüllen, und jedes Atemholen seiner Brust katapultierte ein beleidigendes Wort in die Gassennacht.

Ich mag die Worte nicht wiederholen. Es gibt Augenblicke des Zornes, da jeder recht hat, und ich denke, es war sein Lebensaugenblick, der ihm recht gab.

Lichter gingen an, Fenster wurden geöffnet, und Baldachs Stimme brach ab, er schleppte sich die drei Treppenstufen hinauf und verriegelte die Türe.

Ich blieb noch eine Stunde stehen und ging dann nach Hause.

Wir sahen uns nie mehr. Baldach starb zwei Jahre später.

Vorgestern also.

Neue Schuhe ähneln an meinen Füßen nach drei Wochen malträtiertem Kunstleder, und dabei bin ich keineswegs, was man einen passionierten Fußgänger nennt: ich schätze Bequemlichkeit, ich esse und trinke gerne, bin ein richtiger Pfaffe, wenn dieser Ausdruck irgendeiner grinsenden Aufgeklärtheit entgegenkommt. Doch es war nicht die Bequemlichkeit, die mich heute morgen zu spät vom Frühstückstisch aufstehen ließ; ich hatte vielmehr vergessen, nach dem Aufstehen die Uhr aufzuziehen, und dies an dem Morgen, an dem ich die Trauerrede für Baldach halten sollte. Es regnete, und zu allem Ungemach hatte es irgendwo einen Verkehrsunfall gegeben, jedenfalls stauten sich die Tramwagen in allen vier Richtungen, und ich stieg aus und rief ein Taxi herbei, vergeblich, die Autokolonnen schlichen trübsinnig dahin, manchmal drückte einer kräftig auf die Hupe. Er hätte ebensogut gähnen können. Sonst bin ich gewiß der Ansicht, daß die Autos zu rasch fahren, doch heute krochen sie an den Traminseln vorbei, als wären es Leprastationen. Ich mag den fallenden Regen, und ich verabscheue ihn, wenn er in der Straßenrinne gluckert, Zigarettenstummel und Fahrkarten mitschwemmt, doch was rede ich da. Am Stadtrand wurde der Verkehr wieder lockerer. Ich erreichte den Wolfgangfriedhof mit sieben Minuten Verspätung. Biburger, ein Faktotum des Krematoriums, kam die Freitreppe heruntergehüpft, bleich vor Aufregung. Er hielt einen Schirm über die Wagentür, so, als wäre ich ein Staatsoberhaupt. Dann fragte er, ob ich krank sei, und hielt dabei seine offene Hand wie einen Teller unter meinen Ellbogen. Gütig wie ein Blindenhund und beflissen wie ein modernes Küchengerät half er mir aus dem Mantel. »Sie sind zehn Minuten zu spät, Herr Pfarrer.« Ich nickte. Biburger unterrichtete mich nun hastig über das Publikum, eine seiner Gepflogenheiten, die zu verbieten ich längst aufgegeben habe; man erzählt sich, Biburger sei früher Theaterrequisiteur oder Regieassistent gewesen, dort hatte er sich wohl die Untugend geholt, den Pfarrer über die Trauergemeinde zu informieren, als säße ein bösartiger Kritiker im Saal, der das Routineschmieren belauerte. »Ihr Auftritt, Herr Pfarrer« oder ähnlich, murmelte er in mein Ohr und öffnete die Tür zum Abdankungsraum. In der Eile hatte ich meine Angst vergessen, aber ich blieb dennoch auf der Schwelle stehen, ›angewurzelt‹ hieße hier wohl das Adjektiv, doch Biburger schubste mich ganz einfach über die Schwelle, ich schlafwandelte zum Podest und legte Gebetbuch und Notizen auf das Pult.

Ich hob den Kopf und wollte zu sprechen beginnen. Jemand räusperte sich und flüsterte. Zwei Frauen und ein kleines Mädchen bezeugten in der ersten Reihe durch enges Zusammensitzen Verwandtschaft; ich kannte die beiden Frauen nicht, ich argwöhnte bloß, und mein Argwohn wurde alsbald bestätigt.

Eine der Frauen erhob sich, eine gewichtige Mitfünfzigerin. Sie atmete aufgeregt, kam auf mich zu, das Täschchen pendelte in ihrer Pfote, *Herr Pfarrer, Herr Pfarrer,* und was sie sagte, wurde alsbald zum kaum verhohlenen Gezeter, und im selben Augenblick kam auch die fürchterliche Reminiszenz einer Frau auf mich zu, einer Verwandten, die Baldach fotografiert hatte. Eine Cousine, ich nenne sie das Sparschwein, hörte ich Baldach kommentieren, wenn sie sich auszieht, sieht man einen

Schlitz auf dem Rücken, so richtig ein Eheweib, das am Tag nach Ultimo beim Alten im Bett den Buckel macht und sich das Haushaltsgeld in den Schlitz stecken läßt.

Die Frau, es war wirklich das lebende Konterfei jenes Sparschweins, näherte sich meinem Ohr, und raunte naß und patzig. Dann vernahm ich das Wort ›Lebensretter-Medaille‹ und fragte sie: »Sind Sie die Dame, die mich gestern abend angerufen hat?«

»Genau. Ich bin Frau Hubler. Wir wohnen im dritten Stock an der Drahtzugstraße 44.«

»Vierundvierzig?« Eine andere Frage fiel mir nicht ein.

»Drahtzugstraße 44, Hubler. Die Medaille, sehen Sie nicht?«

»Welche Medaille?«

»Die Lebensretter-Medaille, Sie wissen doch. Ich hab' vor zwei Stunden, so lang nämlich bin ich schon hier, mit der Schwester dort und dem Enkelkind, ich hab's an das Sargtuch geheftet...«

»Was? Das Kind?« Mein Zorn wuchs.

»Unsinn. Die Carnegie-Medaille oder wie sie heißt.«

»Vielleicht ist sie runtergefallen. Haben Sie schon nach-geschaut?«

»Natürlich. Rein nichts. Gestohlen«, flüsterte das Spar-schwein und wiederholte: »Gestohlen.«

»Ich möchte Sie um etwas Würde bitten«, sagte ich. »Wir werden nachher versuchen, die Angelegenheit zu klären. Gewiß liegt ein Mißverständnis vor.«

Frau Hubler greinte noch einmal laut auf und zog sich bankerschütternd auf ihren Sitzplatz zurück. Nach ei-nem Augenblick der Stille erhob sich das andere Weibs-bild, offensichtlich ihre Schwester. Resolut und erfüllt

mit der Sicherheit einer lebenslangen Kirchenbesuche-
rin, kam sie auf mich zu, sah mich eine Weile an und begann dann, in den Blumen, die um den Katafalk standen,
zu fummeln. Diesmal sagte ich es sehr laut, vielleicht
brüllend, denn Biburgers Gesicht wurde im Türspalt
sichtbar, unwillig, als hätte ich eine Szene geschmis-
sen.

»Würde!« rief ich, »ich bitte um Würde.«

Mein lauter Ruf wirkte in ihrem Gesicht wie Säure auf
Lackmuspapier. Sie erhob sich und ging zu ihrer Schwester und dem Kind zurück, die beiden Frauen schluchz-
ten und umfingen das schweigende Kind; Kinder haben
mehr Würde als Erwachsene, ich erwähne dies nur ne-
benbei. Die Verwandtenecke verhielt sich nun ruhig, und
nur selten empfing die Stille einen Seufzer.

 Nach der Lesung des 13. Psalms »Herr, Du erforschest
mich und kennst mich«, und einem kurzen Gebet zählte
ich auf: das Geburtsdatum – 1885, den Beruf des Vaters
– Hochbau-Ingenieur in Zürich, Aufenthalt in Amerika,
in den Tropen und an der Westfront 1916; ich sprach
von einem Schicksalsschlag und fand mich, improvisie-
rend, nicht mehr zurecht.

Die Leute hoben die Köpfe. Es waren kaum zwei Reihen
von Köpfen, keine Menge, keine Masse, und dennoch
waren es die Gesichter einer sich stoßenden Masse, die
man an Festtagen in der Stadt, zur Fastnacht, zur Kirch-
weih oder bei Trachtenumzügen sieht, von nahem sieht,
sehen *muß,* diese vielen häßlichen Gesichter, die unsere
Welt unter die Sonne setzt und bei Mond sich lieben läßt,
diese ungeliebten und selber nichts liebenden Visagen,
denen die Bibel das Wort ›Antlitz‹ zugesteht, sie waren
da, diese Gesichter, ich kannte sie von der Kanzel herab,

und bei Gott, ich vermochte sie nur zu lieben, weil das Wort es befiehlt und weil ich überzeugt bin, daß eines Tages das letzte Wort gesprochen wird, so wie das erste einst gesprochen wurde. Ich erkannte, und ich erinnere mich daran, daß dies heute geschah, ich erkannte, nochmals, wie ich es haßte, die Menschen von Berufs wegen zu lieben, lieben zu müssen. Das Ganze ist eine Nervenfrage, und ich bin jetzt, da ich dies schreibe, mehr denn je davon überzeugt, daß es zur Liebe Genie braucht. Liebe ist eine Forderung *und* Frage der Kunst. Man kann sie nicht einfach verlangen. Baldach, um endlich zur Sache zu kommen, sehnte sich danach, schöpferisch zu sein, und sein Ableben war schlicht das Ende einer enttäuschten Liebe. Ich bitte um Verständnis für meine *déformation professionelle,* wenn Gott, *ach Gott,* sein Werk über uns schließt, wie es Baldach über jenem Franz Strau geschlossen hat, als er seine Fotografien verbrannte.

Franz Strau, ich entdeckte ihn, saß in der ersten Reihe. Demütig und aufmerksam fixierte er mich, als ich ins Stottern geriet, und als ich seinem Blick begegnete, legte er die Arme um seine schwangere Frau rechts und sein Söhnchen links und zog sie an sich. In seine Augen brachen Tränen, tatsächlich, und er neigte sein Gesicht zu dem Taschentuch, das seine aufmerksame Frau – ich weiß nicht mehr, wie sie aussah – aus der Handtasche zerrte und auf seine Augenlider tupfte, so, als wäre es unmännlich, Tränen zu trocknen.

Ich beeilte mich, fand die passenden Worte, wurde in diesem Augenblick der winkenden Hand Straus gewahr. Kein Zweifel, er gedachte noch ein Wort zu reden. Biburgers Gesicht erschien im Türspalt, verzweifelt, hysterisch beinahe, und irgendwie gelang es ihm, die Töne der voll einsetzenden Orgel zurückzunehmen und verstummen zu lassen. Ich bin überzeugt, Biburger betete, der eiserne Vorhang möge die Szene verhüllen.

Der Vorhang fiel nicht.

Ich trat vom Podest und reichte Strau, der seine Rechte weit ausgestreckt hielt, die Hand, die er mir männlich drückte.

Auf Straus glatter, unempfindlicher Stirne standen Trauer und Bewegtheit, die seine zögernden, scheinbar mühsam artikulierten Worte untermalten. Er beschrieb die Landschaft, in der wir alle aufgewachsen waren, die alten Gassen, den Domherrenplatz, die herbstlichen Farben, und schließlich sprach er vom gestrigen unerwarteten Frosteinbruch, dem gegen Mittag ein Föhnsturm gefolgt war, der die Blätter von den Bäumen fegte. Strau schwieg einen Augenblick und leitete eine erwartungsvolle Stille ein. »Was sind wir anderes als diese Blätter am Baum, und wer weiß, welcher Sturm uns von den Ästen reißt?« Strau wirkte fotogen, auch Baldach hätte dies bestätigen müssen. Langsam geriet er in Schwung, so, wie ein Kind eine Schaukel in Bewegung bringt; ich bemerkte die Blicke der Leute auf meine Person, halb vorwurfsvoll, halb beschämt: *So müßte ein Geistlicher reden! Jawohl.* Das entsetzliche war, fand ich, Geistliche sprachen, wie Strau jetzt eben sprach. Strau war immer ein gelehriger Schüler gewesen, ein Nachahmer, ein Reproduzierender, einer, der nichts zu sagen hatte, bis ein anderer es sagte, und er sagte dasselbe dann lauter, klarer. Er war kein Feuerfunke. Er war ein trockener Reisighaufen, den ein Funke in Brand setzt und hellauf lodern läßt. Gemunkel über den Geschäftsmann und beginnenden Politiker Strau fielen mir ein: sein Ferienhaus in

Morcote, ein kleiner Granitpalast mit drei Räumlichkeiten und einer Garage, im Telefonbuch und Steuerausweis als ›Personalferienheim‹ taxiert; der Erfolg im Stadtrat, als er laut bemerkte: Jedermann weiß, daß ich kein Antisemit bin, doch Herr Hirsch ist Semit, er würde das selber nicht in Abrede stellen – nein, Strau war nicht zu fassen. Er war ein Mann des Tages. Baldach, wenn man Strau recht verstand, war der Stille im Lande, der Zurückhaltende, dessen Gedanken er zu verwirklichen gedachte. Jemand mußte mehr tun als denken, jemand mußte sich die Finger schmutzig machen, mußte den Stall reinigen… Als Strau, seine Stimme wurde nun wieder leise, auf den Tag zu reden kam, an dem ihm der Verstorbene das Leben gerettet hatte, stieg ein Dunst von Feierlichkeit in seine Worte, und der ergriffene Zuhörer ahnte, daß hier nicht der Lebensretter, sondern der Gerettete gefeiert wurde. Es war widerlich.

Die ganze Zeit über stand ich neben der vordersten Bank, nun wandte ich mich zum Gehen. Strau schloß seine Trauerrede mit unerwarteter Schnelligkeit, sprach zehn Worte, während ich einen einzigen Schritt tat, er verfolgte mich mit beschwörenden Sätzen, in denen er sich auf die Seite des Verstorbenen stellte, auf die Seite der letzten Wahrheit. Ich blieb stehen. Ja. Ich mußte stehenbleiben und mitanhören, wie er, Strau, das letzte Wort hatte, und dies letzte Wort lautete, mit Blick auf den Sarg: »Leb wohl, teurer Freund! Einer hier dankt dir sein Leben, und er wird sich dieses Dankes würdig erweisen. Amen.« Dann setzte die Orgel ein, Bachs Tokkata und Fuge, und die Trauergemeinde erhob sich, erlöst.

Strau kam auf mich zu und sprach seinen Dank aus. Es war beinahe ungeheuerlich. Dann gesellten sich die beiden schwesterlichen Sparschweine zu uns, das Kind, und Straus Frau, der die Schwangerschaft die Haut verwüstete, und ihr Kind. Strau fragte mich, begleitet vom Nikken seiner Frau, warum ich nie vorbeikäme, warum ich nie anriefe.

»Ich werde Sie eines Tages anrufen«, sagte ich.

»Bestimmt?«

»Sie können sich darauf verlassen.«

»Wie lieb«, bemerkte Straus Frau aufrichtig und begann zu erzählen, wie sie Baldach gepflegt hatte, wenn er krank war, und wie sie – wir wurden unterbrochen. Das Sparschwein zupfte mich am Ärmel.

»Die Medaille«, sagte sie klagend, »wo ist sie nun?«

»Ich weiß es nicht. War sie eigentlich so wertvoll?«

Frau Hubler begann wieder zu greinen.

»Der seelische Werte«, antwortete Strau an ihrer Stelle, »der seelische Wert, der kann nicht ersetzt werden.«

»Seelische Wert kann man tatsächlich nicht ersetzen, Herr Strau«, hörte ich mich sagen. »Wir können immer wieder nur neue suchen.«

Die Haut unter Straus Blaurasur wurde blaß, dann riß er sich zusammen und spielte joviale Sachlichkeit.

»Die gute Frau möchte einfach ein Andenken, was ist denn dabei, Herr Pfarrer.« Strau grinste. »Schön wär' die Medaille bei mir, auf meinem Schreibtisch. Zum Glück bin ich nicht sentimental.«

»Eben«, bestätigte ich. »Und irgendwie wird sie schließlich gefunden werden.«

»Gestohlen«, behauptete Frau Hubler. »Ein so schöner Gegenstand wird nicht mehr gefunden. Meine Schwester und ich werden nun die Polizei benachrichtigen, nicht wahr?« Sie wandte sich nach ihrer Schwester um.

»Ein Herr war eben da«, meldete die Schwester, sie hielt einen Brief in der Hand und reichte ihn Strau.

»Für mich?« fragte er.

»Er kriegt Telegramme geschickt, wo immer er ist«, erzählte Straus Frau stolz. Sie war erfüllt von der Wichtigkeit ihres Mannes und strich mit den Händen liebkosend über ihren gewölbten Bauch. »Kürzlich wohnte er einer Straßeneinweihung bei, und da kam ein Telegramm vom Bundesrat.«

»Nationalrat«, korrigierte Strau mürrisch. »Aber das hier ist kein Telegramm.«

Es war ein dicker Briefumschlag, Strau tastete ihn ab und begann ihn zu öffnen. Frau Hubler schluchzte nun wieder, Straus Frau erzählte von der Arbeitsüberlastung ihres Mannes, besonders am Wochenende und erst noch auswärts, vom müden Montag, Dienstag, Mittwoch, und ihr Gesicht wurde erst bei der Erwähnung der zweiten Wochenhälfte wieder vergnügter; solle sich einer vorstellen, wie ein Mann noch zu Atem käme…

Ein kleiner, flacher Gegenstand, Seidenpapier um Seidenpapier war zwiebelartig darum gewickelt, kam zum Vorschein.

Die Lebensretter-Medaille.

Frau Hubler feixte. »Da hat nun wirklich einer kalte Füße gekriegt. Gestohlen, ich hab's immer gesagt, gestohlen.«

Strau bat um Ruhe, packte mich an der Schulter und fixierte irgendeine Stelle auf meiner Stirn.

»Herr Strau, Sie sind wesentlich jünger als ich, ich möchte Sie aber dennoch ersuchen, meine Schulter loszulassen, sofort bitte.«

Strau hob begütigend die Hände, den Briefumschlag

zwischen Daumen und Zeigefinger der Rechten haltend.

»Herr Pfarrer, kennen Sie diese Schriftzüge? Nun?« Strau, ich konnte es vernehmen, keuchte.

»Nein«, sagte ich, »oder doch, ich glaube sie zu kennen.«

»Also«, Strau drängte, die kleine Schar horchte auf; die Hinausgehenden blieben stehen und horchten. »Ihre Schrift, Herr Pfarrer, Sie geben es zu, Ihre Schrift!« Er begann zu brüllen.

Was nun geschah, war ohne Würde.

4

Später erschien die Polizei. Der Mann, der den Brief abgegeben hatte, wurde vage beschrieben, nicht gefunden und identifiziert. Die Schriftzüge, so stellte man noch am selben Tag fest, gehörten Baldach. Die arme Frau Hubler mit dem Sparschweingesicht geriet kurz in Schwierigkeiten, da sie die Medaille auf dem Sargtuch befestigt hatte, doch man verhörte sie nicht lange.

Strau hatte seine Frau nach Hause geschickt, er stand neben der Zentralheizung und fror.

»Es zieht«, bemerkte er, sich zu mir wendend. Nicht aus Höflichkeit bestätigte ich die Feststellung. Es wurde kalt, wo immer wir standen, Strau und ich.

Die Polizisten schlossen das Protokoll oder Verhör, wie immer man es nennen mag, und verabschiedeten sich förmlich und grinsend.

Es waren ganz einfach die Schriftzüge Baldachs, adressiert an Herrn Dr. Franz Strau, Trauergemeinde Andreas Baldach, Wolfgangfriedhof.

In den beginnenden Winternächten ist der Rhein blei-schwarz und unbewegt. Die Haubentaucher lassen sich stromabwärts treiben und kehren zurück, flatternd in der Dämmerung, und gegen Morgen setzen sie sich wie-der auf die Schieferschwärze des Flusses, lassen sich trei-ben und fliegen wieder zurück. Wer kommt, der geht. Wer geht, der kommt.

Der Überlebende

Das Licht der Neonröhren fiel stur auf die knöcherne Haut eines Greises, das Weiß seiner Haare und das Milchweiß der Schaumflocken, die ihn umwolkten. Der alte Mann fummelte mit den Zehen an der verchromten Kette des Badewannenstöpsels und starrte in den Schaum, der sich knisternd auflöste. Er fröstelte, hustete und drehte für Sekunden den Heißwasserhahn an.

Das Badezimmer schien für eine Familie geschaffen, die alles gemeinsam unternimmt, vom Zähnebürsten, Duschen und Füßewaschen bis zum Vollbad mit Perlenschaum: zwei ungewöhnlich lange Wannen aus schwarzem Marmor mit goldverzierten Löwenfüßen und – an der anderen Wand – drei Lavabos unter gerahmten Spiegeln. Das Badezimmer leuchtete im Neonlicht wie ein Treibhaus im Winter: resedagrüne Wandkacheln und Frottéteppiche, die an künstlichen Rasen erinnerten.

Die Heizung war auf heiß gestellt, obwohl draußen das Blattgrün nur zögernd braunfleckig wurde und vorbeispazierende Pärchen ihre Jacken und Pullover bloß über die Schultern gelegt und die losen Ärmel unter dem Kinn verknotet trugen. Der Dampf quoll durch die Spalten eines Schrägfensters und geriet – den Fensterrändern entlang fließend – in den Spätsommerwind, der über die benachbarten Gärten und Villen strich.

»Ich kann es nicht glauben«, bemerkte das ältliche Fräulein. Es saß auf der äußersten Kante eines Wiener Stuhls und hielt ein Buch in den Händen.

»Ich *weiß* es aber«, beharrte der Greis. »Alle Italiener stehlen Seife. Vom nächsten Wochenlohn ziehst du ihr zwei Stück à einszwanzig – zweivierzig ab.«

»Giulietta stiehlt nicht. Ich kenne sie.«

»Geh hinauf in ihre Kammer und guck in die Wäschekommode. Geh!«

»Unsinn.«

»Agnes!« Der alte Herr in der Wanne blickte sie mit wassergrauen Augen an und wiederholte ihren Namen: »Agnes.«

Agnes rührte sich nicht. Ihre herabgezogenen Mundwinkel ließen mehr auf Langeweile als auf Entrüstung schließen, so, als wäre sie für ihr Leben verurteilt, in dieses Greisengesicht mit der pergamentigen, zerknitterten Banknotenhaut zu sehen. Sie erhob sich, beugte sich zum ersten der drei Lavabos und ließ die Asche der Zigarette fallen. Agnes mochte gegen fünfzig sein, zumindest eine Mittvierzigerin; ihre stämmigen Waden gingen nach oben in robuste Schenkel und Hüften über, während sie von der Gürtellinie aufwärts ausgehungert erschien, verwelkt; eine mit Spitzen verzierte Bluse umhüllte den mutmaßlichen Busen, während die knochigen Achseln und die spitzen, rötlichen Ellbogen bei jeder Bewegung sichtbar wurden. Es gab ein Foto aus den zwanziger Jahren, auf dem sie lachend – an einem Strand und im Badeanzug – dem unsichtbaren Fotografen ein Kußhändchen zuwarf; das harte Schwarz der Lippen auf dem Foto ließ vermuten, daß sie kirschenrot geschminkt waren, fröhlich und doch schmollend in dem runden Gesicht. Heute war das Gesicht nicht mehr rund. Es schien rund, weil sie ihr Haar streng und flach gescheitelt hielt; die angespannte Ruhe ihrer Glieder verriet Abneigung.

Der Greis in der Wanne schlug mit den Handflächen klatschend auf das Wasser, strampelte mit den ausgedörrten Waden und begann die Brusthaare einzuseifen.

»Lies also«, befahl er mißgelaunt.

Agnes griff wiederum nach dem Buch, aus dem sie seit einer Stunde vorgelesen hatte, teilnahmslos, Silbe an Silbe fügend; sie las das Buch nicht, sie las es vor, zum dreißigsten Male, vielleicht auch zum fünfzigsten Male, so, wie sie die ganze Literatur über den Untergang jenes Ozeanriesen widerkäuerisch immer und immer wieder auf Zunge und Gaumen spürte, als bloße Lippenbewegung; sie kannte die ganze Unzahl der Beschreibungen, Young, Felinau, Grazia, Beesley, Mulford, Prechtl, den integralen Bericht des britischen *Board of Trade* und den dreizehnhundertseitigen Bericht des amerikanischen Senatsausschusses, Aussage gegen Aussage enthaltend, Einzelheiten, die gegen Einzelheiten sprachen; Agnes kannte das alles Wort für Wort, sie vermochte die verschlüsselten und fingierten Namen von den echten zu unterscheiden, ja, sie hatte das mehr als Jahrzehnte gehört, von ihm selber, de Raffenried, als dessen Sekretärin sie gearbeitet hatte, bis er sie zu seiner Freundin, seiner Begleiterin und schließlich Geliebten erkor; zuerst den halben Abend, dann zwei Nächte, dann mehrere, dann für Wochen, und schließlich blieb sie für immer in seinem Haus.

»Oben«, begann Agnes zögernd, »oben —«

»Nun, oben was?« Schaumflocken spritzten auf.

»Oben wußte man von nichts. Niemand ahnte, daß auf der Kommandobrücke die Sekunden mit gläsernen Lippen gezählt wurden, und man ahnte auch nicht, daß der Steuermann in die heranwachsende Eiswand stierte. Nur leises Klirren flog durch die Champagnergläser des Ballsaals. Niemand –«

»Quatsch«, unterbrach de Raffenried. »Der Stoß war so, daß ein Kellner der Länge nach hinfiel und ein Servierbrett mit einem Dutzend Tomatensäften über den Pianisten warf. Der Mann sah grausig aus, und ein paar Weiber kreischten, weil sie dachten, es sei Blut! Weiter!«

Agnes hörte scheinbar aufmerksam zu, netzte den Zeigefinger an der Zungenspitze und blätterte um. »Die Musik versuchte das Donnern der Schraubenwellen zu übertönen. Sieben Stockwerke tiefer kreischten die Alarmsignale in den Stahlschottenkammern. Zahngetriebe knackten im Maschinenöl, und die Schotten schlossen sich wie eine Mauer vor dem hereinbrechenden Wasser. Das Telefon schrillte, und der Kapitän riß den Hörer an sich. ›Die Außenwand ist bis dreihundert Fuß aufgerissen. Wasser steigt rapid‹, brüllte die Stimme –«

»Agnes?« unterbrach de Raffenried sanft.

»Ja.«

»Man kann nicht ›brüllen‹ vorlesen und dazu wispern. Der Sinn geht verloren.«

»Ja«, versprach sie und fuhr fort: »Die Innenwandungen waren unverletzt geblieben, und die Bunkerschotten wurden unter Luftdruck gesetzt –«

»Ich verstehe nicht, warum die Bunkerschotten nicht hielten. Man hatte sie zwei Jahre lang geprüft«, sagte de Raffenried und plätscherte gedankenverloren mit dem Badeschwamm. »Aber an den Bunkerschotten lag's ja nicht.«

»Behauptet auch niemand«, bemerkte Agnes und hob die zum Lesen gesenkten Lider. »Es war der Eisberg.«

de Raffenried streckte den dünnen Arm aus dem

Schaum, fingerte am Ablaufstöpsel und ließ gurgelnd ein paar Liter auslaufen. Dann öffnete er den Heißwasserhahn und stellte auf Dusche ein. Der heiße Strahl spritzte gegen die Wand und tropfte auf seinen Rücken. Mit verzweifelten Gesäßbewegungen rückte er aus dem Heißwasserbereich und schlug mit den Beinen um sich, japsend, protestierend und zornig. Zweimal drohte er käferartig zurückzufallen auf seinen gebogenen Greisenrücken, klammerte sich dann am Wannenrand fest und schoß schnaubend wieder auf. Die Schwärze, die über seine Augen geschlichen war, hatte er schon mehrere Male erlebt. Zum erstenmal mit achtundzwanzig, als er das Stampfen in den Gängen gehört hatte, das Fluchen und Drängen, damals hatte er sich schockartig erhoben in einer Kabine, in die er nicht gehörte, aus einem Bett, das er nur zweimal gesehen hatte. Es gehörte einer Frau, einer Norwegerin, die er nur dreimal gesehen hatte, und er glitt behende und aufgeregt in die Kleider, die auf dem Boden lagen, und versuchte in den Korridor zu gelangen, in dem sich Leute vorwärts und rückwärts schoben, schreiend, boxend, verzweifelt; es war der Kampf aller gegen alle, man stieß, raste, brüllte, und es gab keinerlei Möglichkeit zu stillem Heldentum; Mutige, Feige, Vernünftige – man klebte als ein Teig zusammen. Er sah sich gegen die stoßende Menge rennen, wurde zurückgeschleudert in die Kajüte, in der sein schlechtes Gewissen zusammengepfercht war mit der Frau jener Nacht, nicht seiner Frau eben. Sie saß, einen dünnen Mantel um die Schultern, auf der Bettkante und brannte einen Zigarettenstummel an, zitternd, und bei dieser Armbewegung zum Nachttischchen wurde ein Stück Haut ihres Schenkels sichtbar, nacktes Fleisch, das – unversehens – widerlichste Fleisch, das er je gesehen hatte. Ebenso unversehens glaubte er zu verstehen, was Treue war, eheliche Treue. Was immer dieses Schiff bedeuten mochte: das schnellste, komfortabelste und größte der Welt, er hätte – zusammen mit *seiner* Frau, der Frau, die Gott ihm anvertraut hatte – die *Titanic* in dieser Polarnacht gegen ein kleines Ruderboot aus Holz getauscht, doch sie, *seine* Frau, lag oben, vielleicht noch schlafend. Als die auf dem Bett zu reden begann, schlug er ihr mit der flachen Hand auf die Lippen, sie weinte, und er schlug weiter, mit beiden Fäusten, während zwei Dutzend Schritte unter ihnen die einbrechenden Wassermassen gegen die Maschinenteile schäumten und knallend treppauf schossen, er schlug und schlug gegen die Tür, als könnte er sich von der Sünde reinwaschen, er schlug, bis die Türe aufsprang. Der Kajütengang war verlassen, und er hastete die Treppen hinauf, um seine Frau zu retten, bei Gott, so und nicht anders war es gewesen...

Agnes sprach noch immer, als läse sie Namen, Adressen und Nummern eines tausendseitigen Telefonbuchs, vom Schicksal eingesperrt in eine Telefonkabine.

»...Ein Uhr zehn. Die Decks haben eine Neigung von zwanzig Grad; jede Minute sinkt das Schiff zehn Zentimeter tiefer. Ein paar Matrosen sind bemüht, Geldsäcke aus den Kassenräumen zu bergen und an Deck zu schaffen. Der Speisesaal ist leer. Überall tritt er auf zerbrochene Gläser, stolpert über umgeworfene Stühle, leere Flaschen. Die Speisen auf den Tellern sind erkaltet, das Fett in den kupfernen Pfannen erstarrt; auf dem Fußboden liegt eine Geige und daneben ein Notenständer. Er langt eine Whiskyflasche vom Tisch, füllt ein klebriges

Glas und leert es mit einem Zuge, dann stakt er weiter, durch den Damensalon in den Wintergarten. Er spürt nicht, wie der Fußboden immer steiler wird –«

»Von wem ist die Rede?« fragte de Raffenried gehässig. Er hatte die Borsten einer armlangen, gebogenen Bürste eingeseift und massierte die Schulterblätter.

»Vom Kapitän. Du hörst ja überhaupt nicht zu.«

»Ich dachte nach.«

»Soll ich weiterlesen?«

»Ich möchte ein Glas Gespritztes«, bat er. »Eine Flasche Fendant und etwas Vichy.«

»Hier?«

»Ist das vielleicht neu, verdammt noch mal?«

»Du sitzt nun seit einer Stunde im Bad«, bemerkte Agnes mild und verdrossen.

»Heute werden's drei Stunden werden«, antwortete er. »Laß ein bißchen Wasser ab. Es wird kühl.«

Agnes zog den Stöpsel heraus, und de Raffenried drehte den Heißwasserhahn voll auf, die Beine vor dem kochenden Wasserstoß zurückziehend.

»Ich hol' die Getränke«, sagte sie und ging hinaus.

de Raffenried räkelte sich in der dampfenden Wanne. Die Schaumfetzen hatten sich in Bläschen aufgelöst. Er rückte das Gummikissen hinter dem Nacken zurecht, band ein Frottiertuch um die Stirne und verharrte wie eine Mumie in Aspik. In drei Wochen erreichte er sein zweiundachtzigstes Lebensjahr. Er konnte durchaus auf ein erfülltes Dasein zurückblicken; er hatte die Produktion seiner Schiffsmotoren- und Ersatzteilfabrik verzwölffacht und überwachte – auch als Seniorchef – noch immer jeden einzelnen, auch privat. Er hatte die Schrekkensnacht, die die Welt erschütterte, überstanden; es gab

Augenblicke – wenn er all das Tatsachenmaterial über den Schiffsuntergang in sein Gedächtnis rief –, Augenblicke, während deren er sich einfach nicht vorstellen konnte, daß es einen Tod gab. Außer in jenen Stunden hatte er sich überhaupt nie mit dem Tode beschäftigt. de Raffenried empfand sich selbst als Definition der perfekt konstruierten Apparatur, die eines Tages, verbraucht bis zur letzten Schraube und Mutter, als Ganzes mit sanftem Aushauchen zum Ende gelangte. de Raffenrieds moralisches Bewußtsein war intakt. Er hatte *einmal* gefehlt, in jener Nacht eben, und unwiderruflich beschlossen, nie mehr zu heiraten, um nie mehr zu versagen; was außerhalb einer Ehe passierte, geschah außerhalb des moralisch faßbaren Bereichs. Er entlohnte gerecht, jeder Arbeiter konnte das bestätigen, und er, de Raffenried, war keineswegs stolz darauf. Er hatte den Schlund des Meeres gesehen und Sekunden darauf den hellen Himmel, und die Hände, die ihn desperate Stunden später in ein Boot rissen. Es gab oben und unten. Das war alles. Es *gab* Gerechtigkeit.

Agnes erschien wieder und bugsierte polternd einen Servierboy über die Schwelle; zwei Gläser, eine Flasche Fendant und Henniez standen darauf. Sie entkorkte die Weinflasche und ließ den Deckel von der Flasche Sprudel springen. de Raffenried rappelte sich triefend hoch und verfolgte ihre Bewegungen.

»Drei Viertel Fendant, ein Viertel Henniez«, dozierte der Greis. »Gib her.« Sie reichte ihm das Glas, und er leerte es in einem Zug. »Dasselbe«, kommandierte er. Sie füllte nach und beobachtete ihn, in der einen Hand das Mineralwasser, in der andern die Weinflasche haltend.

»Besser, du setzt dich wieder, sonst holst du dir eine Lungenentzündung.«

»Dummes Zeug«, zeterte er. »Auffüllen. Bitte.«

Agnes füllte das Glas ein drittes Mal, und er leerte es wiederum. Dann griff er nach der Seife, begann sich einzuschäumen, in fahrigen Zügen über die ausgemergelten Schenkel und das eingefallene Gesäß.

»Die Beleuchtung ist schlecht«, sagte er. »Zu hell.«

de Raffenried ließ während des Tages die Stores geschlossen, nachts jedoch brannte eine helle Lampe über dem Kopfende seines Bettes und dem Foto seiner Frau. Daneben hing ein romantisches und technisch einwandfreies Gemälde der *Titanic.* Wetterleuchten lag über der Polarnacht, Blitze zuckten in den Gischt, und man sah – im Querschnitt – in den Schiffsbauch und jede einzelne Kabine. de Raffenried hatte es einen wenig erfolgreichen Künstler malen lassen; der Künstler erschien täglich in der de Raffenriedschen Villa, und de Raffenried erzählte ihm neue Details. Auf dem Bild spielte sich alles simultan ab: im Ballsaal tanzten noch immer befrackte Herren und gertenschlanke Damen, bejahrte Engländerinnen spielten Tennis, erlauchte Häupter in einem stillen Winkel Karten, während sich der Pöbel bereits auf den Decks um die Rettungsboote balgte; auch der Kapitän saß, vom Künstler vergoldet, unter den vornehmen Gästen, offensichtlich nicht ahnend, daß der Steuermann oben *SOS* funken ließ und das kleine Orchester des Zwischendecks bereits ›Näher mein Gott zu Dir‹ intonierte. Alles und nichts stimmte. Auf dem Oberdeck lauschten Liebespaare der Sphärenmusik, und drei Meter über den gesprengten Planken des Vorderschiffs brodelte schon der Ozean. Die Kommandobrücke ragt nur noch acht Meter aus dem Wasser; der kreidige Schein der Magnesiumsterne hängt gespenstisch über den Mastspitzen des Ozeanriesen ...

de Raffenried leerte das vierte Glas, zitterte porzellanen mit den Zähnen und setzte sich wieder in die Wanne. Gespritzter Fendant war immer der einzige Luxus gewesen, den er sich erlaubte. Er war kein Schlemmer, er verabscheute Schlemmerei, und er erlaubte sich den hingetupften Hauch des *Cuir de Sibérie* nur nach der sonntäglichen Ruhe. Um der Höflichkeit willen hätte er eine Portion Kaviar bestimmt nicht abgelehnt; doch sie hätte ihm aus einem Blechnapf besser gemundet, wiewohl er von der unkulinarischen, unedlen Verbindung dieses Metalls mit Fischrogen wußte. Arbeit war gottgefällig und damit auch das Geld, das der Fron des verdammten Erdenmenschen entsprang. Nicht gottgefällig war das Genießen, das ihm diese Fron eigentlich erlaubte. de Raffenried schmuggelte seine Genüsse aus dem Glauben in den Alltag. Seine im Weltunglück verstorbene Frau war, wie ihm jedermann bestätigte, eine Schönheit gewesen, dunkelhaarig, glatt und weißhäutig; sie stammte aus seinen Kreisen, deren es nicht viele gab, und sie war im echten Sinne eine Gabe Gottes für ihn. Eine Gabe Gottes allerdings, die er nie wirklich zu genießen vermochte. Frauen, die er genossen hatte, wirklich genossen, waren unansehnlich oder dick, derbe Steinkrüge, die er in zwei, drei Zügen ausschlürfte; den geleerten, unansehnlichen Krug konnte man hinterher fallen lassen, zerscherbelnd, Opfer, Sühne und Reinigung zugleich.

»Ich möchte ein Stück Vierkornbrot«, bat er bescheiden.

»Mit Schnittlauch?«

»Meinetwegen. Und etwas Salz.«

»Die Flaschen und das Glas stehen auf dem Servierboy«
sagte sie. »Bin gleich zurück.«
de Raffenried füllte das Glas mit Fendant und Vichy,
trank es aus, schenkte sich wiederum ein und übte wa-
tend Treten-am-Ort. Dann erhob er sich, setzte seine
Hinterbacken auf die Fersen, zerrte das Frottiertuch von
der Stirn und tauchte den Kopf ins Wasser.
Der Boden der Wanne schimmerte ins Ungewisse. Noch
immer unter Wasser, kontrollierte er die Leuchtziffer der
Cento-Luxe. Er hob den Kopf, um Luft zu holen, tauchte
wiederum und verfolgte den ruckenden Lauf des Sekun-
denzeigers.

2

Er erinnerte sich genau: an die aus den Angeln gesprun-
genen Türen, an die Angorakatze, die auf einem
schwimmenden Rauchtischchen gegen das hereinbrechende Wasser fauchte, an den toten Kellner, dessen
Füße sich in Tischtüchern verheddert hatten, und an die
Lebkuchenherzen, die mit glückwünschender Zucker-
glasur geschmückt waren und nun wie Kuhfladen auf
dem Wasser schwammen.
Oben, weit oben war Geschrei zu hören. Er rannte die
schmalen Treppen hoch, erblickte das Gesicht eines Kindes im Liftgitter und eine Frau, die schluchzend an der
Lifttüre rüttelte, und hastete weiter treppauf, treppauf,
das Schiff war tatsächlich endlos, und die Größe, die
man an ihm gepriesen hatte, wurde zur Endlosigkeit eines Warenhauses. Alles bot sich an, Koffer, Aschenbecher, Teppiche, mannshohe Spiegel, vor denen sich

Brieftaschen und lederne Necessaires stauten, Damenhüte, Ballroben; seine kurze Faszination galt einer Zahnprothese, die jemand auf einem Nachttischchen liegengelassen hatte, neben einem angebissenen Spargelbrötchen. Die kaum merkbaren Schwingungen des Schiffes ließen den Deckenleuchter fallen und zerschmettern. Schließlich fand er die Kajüte. Sie war leer. Das Bild an der Wand hing schräg, und vor dem Rauchtisch standen zwei gepackte Koffer, so, als hätte jemand auf einen Ruf alles verlassen. Was ihn erstarren ließ, war die Tatsache, daß ihr Doppelbett unberührt war. Er hatte angenommen, daß sie längst schlief. Ein Schiffsuntergang konnte einem Mann nichts anhaben, wenn er seine Frau friedlich schlafend wußte; er konnte sie retten, was immer das war, Wasser, Feuer und Bomben. Doch sie war nicht da und nicht zu retten. Er riß die Leintücher vom Bett hoch und schleuderte das Kopfkissen in eine Ecke. Ein Zettel flatterte hoch und fiel hinter das Kopfende des Kissens; er schob das Bett beiseite und tastete nach dem Zettel. 315, eine Zimmernummer, war darauf vermerkt und ein ironisches Ausrufezeichen nebst zwei kleinen Initialen. Der Zettel trug die Schwarz-Gold-Schrift der *Titanic*. L. N. Er dachte nach und wurde von Lärm unterbrochen. Ein Stockwerk unter ihm brach das Wasser krachend durch die Wände...
Agnes brachte einen Teller mit Vollkornschnitten, Petersilie und Schnittlauchhalmen.
»Sieht aus wie ein Versuchsgarten«, bemerkte er wasserschnaubend und schob sich eine Handvoll Grünzeug in den Mund. Dann griff er nach der Brotscheibe und kaute mit der Bedächtigkeit einer Eidechse.
»Soll ich weiterlesen?«

Er nickte. »Etwas langsamer.«

»Aus der Felinau-Version?«

»Meinetwegen.«

Agnes setzte sich wieder auf die Kante des Wiener Stuhls und brannte eine Zigarette an. Sie hustete.

»Ein Uhr zehn.« de Raffenried tauchte die Brotschnitte ins Badewasser und lutschte an der Kruste.

»Lies schon«, mampfte er.

»Ein Uhr zehn. Die Decks haben eine Neigung von zwanzig Grad. Matrosen sind bemüht, Goldbarren zu bergen und an Deck zu schaffen. Hunderte straucheln über die gelben Metallbarrikaden und wissen nicht, daß sie über goldene Berge springen —«

»Blödsinn«, bemerkte de Raffenried.

Agnes guckte einen Augenblick auf und las weiter: »Die Lenzpumpen haben aufgehört zu arbeiten. Die Mannschaft hat ausgehalten, bis das einbrechende Wasser sie fortreißt; Zoll für Zoll klettert es rauschend an blanken Maschinenteilen hoch…«

de Raffenried hörte nur zeitweise auf ihr unbeteiligtes monotones Vorlesen; er kaute vor sich hin und plantschte mit den Zehen an der Stöpselkette. Die Nacht lag nun schwarz an den Fenstern des Badezimmers. Er fühlte sich unversehens einsam; er horchte auf das schwache Plätschern, das seine Beine verursachten, und wieder auf die Stimme, die ihm Dinge erzählte, die er längst kannte und nicht mehr wissen wollte. Das Seifenstück, das seine Hand packte, sprang schmatzend aus seinen Fingern und sank auf den Boden der Wanne. Als er danach grapschte, gurgelte das Wasser im Ablauf, und Agnes hob den Kopf. Er dachte an seine Frau, an den Untergang, an die Beweise, nach denen er jahrzehntelang in seiner Erinnerung geforscht hatte. Eine, *eine einzige* Nacht hatte ihn um sein Leben betrogen, deshalb, *nur deshalb*, weil er zugleich überzeugt war, von seiner Frau betrogen worden zu sein, hatte er sie, von seinem eigenen Betrug sich abkehrend, bei dem *ihren* ertappt, und der Zettel in ihrem Schlafzimmer – L. N. unterzeichnet – sagte alles. Doch er durfte diese Eindeutigkeit nicht verurteilen. Sie war Strafe, eine gerichtete und gerechte Fügung, Antwort und Quittung für das Geschehene. »N. L.« – er forschte in den Listen der Passagiere, der Besatzung und später nochmals in der Liste der Toten nach, und er fand schließlich Norbert Lovat, einen Fünfjährigen, von Matrosen gerettet...

N. L. – auch diese Erinnerung entglitt wie ein nasses Seifenstück. Ein Kommilitone trug diese Initialen im Hemdkragen, ein widerwärtiger, vitaler Bursche, an den er nur ungern dachte. Schließlich wußte er, daß er die Initialen verwechselt hatte – N. L. statt L. N. –, ein Erwachsener ohne Zweifel, und sein unbeirrbares Erinnerungsvermögen sagte ihm, daß es zwei Passagiere und drei Schiffsangehörige dieses Namens gegeben hatte. Wiederum später sagte ihm eine Art von Logik, daß trotz allem die Initialen N. L., Norbert Lovat, der Wahrheit hätten entsprechen können; *es gab* ja den Fünfjährigen, der ohne seine Eltern reiste, von Frauen umhegt, Zimmer 315, mit Schokolade und Bonbons traktiert, es gab Norbert Lovat, und wenn man umrechnete, war Norbert Lovat heute Mitte Vierzig. Ein Mann im besten Alter...

Agnes las weiter. Zuweilen blies sie gelangweilt in den Ausschnitt über ihrer Bluse, eine Art von sanftem Schluckauf kam in ihrem Hals hoch, sie reckte das Kinn, als müßte sie Atem holen, und beugte sich dann wieder über die Lektüre.

»Blättere weiter«, ließ de Raffenried vernehmen.

»Gleich vorhin ist mir etwas eingefallen.«

»Soll ich's notieren?« Agnes bückte sich und ergriff ein schwarzgebundenes Heft, das auf dem Stapel zerlesener Bücher lag.

»Nein«, murmelte er. »Ich kann es nicht in Worte fassen. Ich sehe etwas.«

»Was soll ich lesen?«

»Prechtl. Dort, wo von den beiden Marconimännern in der Funkkabine die Rede ist, etwas weiter...«

»Da wurde ein fürchterliches Krachen und Rumpeln –«, zitierte sie.

»Ja, das...«

»Da wurde ein fürchterliches Krachen und Rumpeln vernehmbar; es waren die Maschinen und Kessel, die sich von ihren Fundamenten losrissen und gegen die eisernen Schottwandungen polterten. Gleichzeitig brach der vorderste Schornstein los – ein dreißig Fuß hoher Tunnel, durch den ein Heuwagen hätte fahren können – und stürzte über Bord, klatschte mitten unter die schwimmenden Menschen, Hunderte mit sich in die Tiefe reißend...«

de Raffenried legte wieder den Kopf zurück und schloß die Augen.

Agnes blickte zu ihm hinüber, las mechanisch noch ein paar Worte, senkte die Stimme und schwieg.

de Raffenried bemerkte es, aber es ließ ihn gleichgültig. Er schlief – das Unvermeidbare in Schlückchen vorausnehmend – jede Stunde ein paar Minuten, nicht länger, Tag und Nacht.

Er dachte an seine Frau. Sie war ihm damals aus der Schweiz nachgereist – er hatte Geschäfte zu tätigen in Liverpool –, und sie wartete auf dem Schiff, das mit fünf Bullaugenreihen übereinander im Hafen leuchtete, wartete, wohl immer wieder das Telegramm lesend, das er ihr geschickt hatte, er habe den Zug verpaßt, treffe eine Stunde vor Abfahrt ein, sie möge beruhigt warten. An jenem Morgen, der – wie ein Chronist berichtete – so grünblau wie Türkis strahlte, wartete sie, auch als das Monstrum von fünfzigtausend Tonnen mit blütenweißem Kiel auslief, doch sie zweifelte, der Zuverlässigkeit ihres Gatten gewiß, nicht einen Augenblick, daß er an ihre Kajüte klopfen werde, weltmännisch lächelnd, einen Strauß dunkelroter Rosen in der Hand haltend. de Raffenried sah sie niemals wieder. Er hatte den ersten und letzten Seitensprung begangen, und dieser Seitensprung rettete sein Leben. Er ließ der *Titanic* stündlich ein Telegramm nachfunken, doch er erhielt keine Antwort. Seine Frau war auf der Liste der Passagiere, und ein Steward erinnerte sich, sie bedient zu haben. de Raffenried war für die große Verhandlung des Regierungsausschusses eigens nach New York gereist, um den Steward zu sprechen, das merkwürdige Lächeln des Mannes hatte ihn befremdet. Der Steward genügte ihm nicht. de Raffenrieds Beziehungen verhalfen ihm zu einem, wie sich bald zeigte, höchst inferioren Mitglied des Untersuchungsausschusses, einem Mann, der amerikanisch sprach, schlechtes Englisch jedenfalls.

»Ich sah meine Frau zum letztenmal um zehn Uhr dreiundzwanzig zirka«, erklärte de Raffenried. Der Mann blätterte nach. »Kabine zwei-elf«, fügte er hinzu. Der andere blätterte weiter. »Mrs. de Raffenried?«

Er nickte zustimmend. »Mr. und Mrs. Frédéric de Raffenried.«

»Mr. Frédéric de Raffenried ist nicht verzeichnet.«

de Raffenried lachte. »Hier steh' ich!«

»Möglich, Sir. Doch Mr. de Raffenried wurde von der Passagierliste gestrichen. Nach der Abfahrt.«

de Raffenrieds Hohn war nicht zu verkennen. »Soll ich mich ausweisen?«

»Keine Ursache, Sir. Sie fragten nach Ihrer Frau.«

»Jawohl.«

»Ich bedaure, Sir, doch Ihre Frau ist auf der Liste der Geretteten nicht zu finden. Bedaure sehr —«

de Raffenried verbat sich ein Bedauern.

»Darf ich Sie bitten, Sir, Ihre eigentliche Frage zu wiederholen?«

de Raffenried hieb auf die Tischplatte, wiederholte seinen Namen.

Es gab Unannehmlichkeiten, die in einem kaum gelesenen Boulevardblatt wiedergegeben wurden.

Am nächsten Tag, am 22. April 1912, reiste er zurück nach Europa. Die Vorsehung hatte sein Leben gerettet, doch sie hatte ihn in Sünde gelassen; er vermochte die Wahrheit niemals zu akzeptieren.

Agnes trug den Zigarettenstummel mit dem langen weißlichen Aschenstück zum Lavabo hinüber. Sie drehte den Hahn an, um die Asche hinunterzuspülen, und räusperte sich.

de Raffenried erwachte. Seine Augenbälle waren von Eiweiß überzogen. Seine Hand tastete zum Servierboy und ergriff das Glas.

»Möchtest du etwas?«

»Wo warst du?«

»Seite 285«, antwortete sie freundlich, »soll ich weiterlesen?«

»Nein«, sagte der alte Mann kindlich. »Ich möchte warmes Wasser.«

Agnes zog für eine Viertelminute den Stöpsel heraus und ließ den Heißwasserhahn sprudeln.

»Möchtest du sonst etwas?«

»Meinen Bericht über die tatsächlichen Begebenheiten«, antwortete er schroff. »Du weißt, wo die Hefte liegen. Im Schreibtisch rechts. Ich will eine Behauptung nachprüfen.«

»Gut. Ich bin gleich zurück.«

de Raffenried murmelte etwas vor sich hin und fiel in staunendes Glotzen zurück. Seine Zehen spielten mit der Kette des Ablaufstöpsels, während er geistesabwesend nach dem Seifenstück griff und es in den Achselhöhlen schäumen ließ...

3

Die Vibration der Maschinen ist nicht mehr zu spüren, »nur das Tacken der Lenzpumpen schlägt kaum hörbar an«, hieß es bei Felinau, doch was wußte der; in den oberen Kajüten schrillten noch immer die Alarmglocken, und auf dem Deck herrscht Geschrei und Getümmel wie in einem brennenden Bahnhof. Mit Gewehren und Revolvern bewaffnete Matrosen haben die Zugänge zum Bootsdeck besetzt. Eingeknäuelt von Passagieren des Zwischendecks, die nach oben flüchten konnten, versucht er das Gesicht seiner Frau in dem chaotischen Haufen zu erhaschen, jemand vor ihm sackt zusammen, die

Menge drängt nach, er spürt den Körper unter seinen Schuhen, stapft weiter, der Reling entlang, wo er über Eisstücke stolpert und auf die Knie stürzt, doch er kann sich angstfluchend wieder hochrappeln, und in diesem Augenblick, zwischen sich reckenden Armen und einem Gewirr von Matrosen, sieht er sie, das Gesicht ist nahe vor ihm, scheinbar ohne Leib und Gliedmaßen, die Lippen bewegen sich, er versucht sie zu verstehen, brüllt, eingekeilt, angeschmiedet, dann wird sie abgedrängt, zwanzig oder dreißig Schritte entfernt, sie erblickt ihn, winkt, und er sieht auch, daß ein Mann ihre Hand hält und zusammen mit ihr über Bord springt, er beugt sich keuchend über die Reling, sieht ihre Köpfe auftauchen, untergehen, wieder auftauchen, neben ihren Köpfen wird rasselnd ein Boot zu Wasser gelassen, er sieht ihre Hände die Kanten umklammern; eine Faust schlägt ihn auf den Rücken, er kippt über die Reling und fällt wie ein Taschenmesser in die Tiefe...

...das Wasser ist weniger kalt, als er befürchtet hatte, klarer auch, ähnlich dem beleuchteten Aquarium eines zoologischen Gartens. Er sieht Stühle über sich schwimmen, Tische; glitzerndes Besteck gleitet an ihm vorbei, Teller, vernickelte Ständerlampen, aufquellende Seidentücher, Platinuhren, Perlenketten, die sich in einzelne Perlen auflösten und mit der unbeirrbaren Langsamkeit von Schneeflocken in der Tiefe verschwinden; ein elektrischer Eisschrank, an Blasenschnüren hängend, sinkt ihm entgegen. Er erschrickt, überlegt, ob die elektrischen Eisschränke schon erfunden waren, damals; sein Herz wird eisig über diesem Gedanken, und er spürt, wie das Wasser um ihn erkaltet und dunkel wird, und er fragt sich, warum Agnes noch nicht zurück ist; die entsetzliche

Überlegung lähmt ihn, und er will dem Eisschrank in die Tiefe folgen, als wäre er der letzte Beweis für eine Wahrheit, die nur ihm, de Raffenried, gehörte. Das Dunkel kriecht durch Mund und Nasenlöcher in ihn hinein, und er spürt, wie sein Herz zusammen mit dem Schiff, auf dem er nie gewesen war, in die Tiefe sinkt.

Der Dynamitero

Eine Romanze

»Guyan«, erzählte Onkel Gian an jenem Morgen, »Guyan muß unter die Lupe genommen werden. Stiehlt Hühner, glaub' ich. Daß er wildert, steht eindeutig fest.« Zwei Jahre zuvor waren wir von unserer Mutter zu ihrer älteren Schwester gebracht worden. Mein Vater war gestorben, und Mutter lebte nun mit einem früheren Freund zusammen, einem Journalisten, den sie später verließ, um einen anderen Mann zu heiraten. Meine Schwester und ich – sie war elf, ich war neun – wuchsen in dem Bergdorf auf, in dem meine Tante und ihr unverheirateter Bruder ihr Elternhaus bewohnten. Onkel Gian war Landjäger, Polizist, wurstdick und versoffen; er hatte nicht viel zu tun. In der ›Öffentlichkeit‹ – wie er das Dorf und die nächsten drei Kilometer im Umkreis des Tales nannte –, in der ›Öffentlichkeit‹ redete er mit dröhnender Stimme, so, als trüge er einen Verstärker vor seiner Zahnprothese, die so schlecht saß, als wäre sie ein Erbstück. Zu Hause, bei seiner Schwester, war Gian vermiest und mürrisch. Er schloß den handbreiten, auch ›disziplinarisch‹ – wie er zu sagen pflegte – verwendbaren Gürtel vor dem tonnenprallen Bauch und zog, wiederum eine Autoritätsgeste, die Jacke stramm. Dann guckte er, wie jeden Morgen, auf eine vergilbte Fotografie an der Stubenwand und strich sich, als wäre es ein Spiegel, das Haar so glatt wie das seines Vaters, der auf dem Bild zu sehen war. »Guyan stiehlt«, wiederholte er. Er zog den Revolver aus dem Etui, entsicherte ihn und versetzte der Trommel mit dem Daumen einen Drall; dann horchte er mit seitwärts geneigtem Kopf an der Mündung, als müßte nun etwas geschehen. Seine Schwester wies ihn zurecht, und er versorgte den Revolver wieder umständlich in der Lederhülle. »Da muß gründlich eingeschritten werden. Man wehre den Anfängen. Und den Katholiken«, fügte er hinzu. Und wiederum: »Muß unter die Lupe genommen werden.« Gians riesiges Gesicht floß vor Tatendrang in die Breite.

Nun, wahrscheinlich wäre mir jener Tag auch ohne Guyan im Gedächtnis geblieben. Wir hatten uns an diesem Morgen kurz nach vier erhoben. Wenige Augenblicke bevor die Sonne auf dem Frühstücksbesteck zu gleißen begann, vernahmen wir die erste Neuigkeit. Auf dem Hof nebenan war der Marder eingedrungen und hatte zweiundvierzig Hühner mit zerbissenen Hälsen und Köpfen zurückgelassen. Ein Butterbrot in der Hand, rannten wir über das Feld, grüßten freundlich die weinende Bäuerin und betrachteten kauend das Gehege mit den toten Hühnern.

Giza stieß mich mit dem Ellbogen. Neben dem nächstliegenden Huhn lag ein Ei, das das Huhn in der Schrecksekunde der Nachwelt überlassen hatte. Die Bäuerin bemerkte über den Schürzenzipfel hinweg, mit dem sie die Augen trocknete, unsern Blick und eilte ins Gehege, um das Ei zu holen. Sie hob es auf, betrachtete es und ließ es grundlos fallen. Sie begann von neuem zu schluchzen.

»Frau Madorin hat ein Ei fallen lassen«, erzählte Giza am Tisch.

»Ein was –?«

»Ein Ei à 25«, sagte meine Schwester und versank in Träumerei.

»Im Ersten Krieg verkauften die Madorins die Eier für einen Franken«, erzählte Tante Andrea.

»Drecksäue«, bestätigte Onkel Gian kauend.

Tante Andrea strich Butterbrote, klebte sie zusammen und verpackte sie in unsere von Schiefertafeln, Griffeln und Reinschreibeheften befreiten Schulranzen. Dann holte sie aus dem Wandschrank zwei leere Ovomaltinebüchsen, polsterte sie mit Zeitungspapier aus und stopfte in jede Büchse ein hartgekochtes Ei, einen Apfel und eine Tomate.

»Ich hoffe, du tust der Familie Ehre an und bringst einen Löwen nach Hause«, riet Onkel Gian grinsend.

Wie jeden Sommer wanderte die ganze Schule auf eine der Maiensässen. Unter Aufsicht der Lehrer wurden Wettkämpfe veranstaltet: Ringen, Sackhopsen, Steinstoßen und Hahnenkämpfe. Die Sieger der einzelnen Kategorien erhielten einen Apfel aus dem Korb, den Schulkinder im Tiefland allmonatlich an Bergschulen schickten. Die Gesamtsieger bekamen einen handgroßen Gipsabdruck des speerdurchbohrten Löwen von Thorwaldsen. Gegen Mittag langten wir jeweils an, trugen Lärchen- und Föhrenholz zusammen, machten Feuer und marschierten dann an einem Leiterwagen vorbei und nahmen eine Bratwurst in Empfang. Um drei Uhr fand die Siegerehrung statt, die Feuer wurden von den Buben gelöscht, ein dampfender Höhepunkt, und man trat singend den Rückweg an.

»Wer seine Heimat verläßt, muß gutes Schuhwerk haben«, bemerkte Gian geschwollen und goß mit langem Schlürflaut den Kakao hinunter, die Augen in die Innenseite der Tasse gerichtet, so, daß er dem vernichtenden Blick seiner Schwester nicht begegnete. ›Man verbraucht soviel Kraft im Zusammenleben mit fremden Leuten‹, pflegte Tante Andrea zu sagen, ›da bleib' ich lieber ledig. Und ohne Vogel.‹

»Wen verhaftest du morgen?« fragte Giza und schleckte mit der Zunge den Kakaoschnurrbart von der Oberlippe.

»Man kann nicht jeden Tag Leute verhaften.«

»Warum nicht?«

»Blöde Fragen bleiben unbeantwortet«, antwortete Gian dumpf. Er rülpste.

»Seit sieben Jahren ist in dieser Gegend kein Mensch verhaftet worden«, sagte Tante Andrea verächtlich, »oder bloß einmal, und dann war's eine hübsche Blamage.«

»Weib«, sagte Gian, als wäre er aufgefordert worden, ein Wort zu nennen, dessen erster Buchstabe mit einem W begann.

»Mann«, antwortete Andrea ungerührt. »Und wie steht's mit Guyan.«

»Wird vorerst noch nicht verhaftet. Erst beobachtet.« Er wandte sich an Giza. »Trägst du Guyans Töchterchen auf die Alp?« Gian versuchte mit den schweren Augendeckeln zu zwinkern. »Krüppelhilfe«, fügte er hinzu.

»Nein«, sagte Giza unsicher, »sie wird zu schwer. Aber ich werd' ihr erzählen, daß du ihren Vater verhaften —«

»Den Teufel wirst du! Kein Wort!« Gian murmelte etwas von Spaß.

»Senta ist allein, wenn du ihren Vater holst.«

»Ich sage dir, er wird nicht geholt«, brüllte Gian. »Er wird verwarnt, das ist alles.«

»Wer zuviel redet, muß ein gutes Mundwerk haben, um zurückzugelangen«, versetzte Tante Andrea bissig.

»Senta wird nichts geschehen.«

Senta Guyan war ein verfilztes, braunhaariges Mädchen mit olivgetönter Haut, starren Vogelaugen und spitzen Wangenknochen; meist trug sie schwarze Röcke und Schürzen, die aussahen, als hätte man sie aus den Kleidern alter Frauen geschneidert. Stumm und verbissen pflegte Senta, seit sie die Schule besuchte, vor dem Hause auf Giza zu warten, und humpelte, ein dünnes, muskelloses Beinchen in Eisenringe und Ledergamaschen gezwängt, neben Giza her. Sie redete selten, auch auf dem Schulweg nicht; da sie ein Kind war, das allein mit dem Vater lebte und mit dem kaum jemand gesprochen hatte, tönten ihre kurzen Sätze wie kleines, böses Bellen. Ich wollte mich nicht mit Mädchen sehen lassen und ging meist voraus. Morgens und nachmittags trug Giza das verkrüppelte, drei Jahre jüngere Mädchen huckepack, anfangs ein paar Dutzend Schritte auf dem ebenen Feldweg, später auf den Steigungen.

»Ich will sie nicht mehr tragen«, sagte Giza.

»Letzte Woche hat sie Giza geschlagen, als Giza sie nicht mehr tragen wollte«, erzählte ich.

»Typisch«, bemerkte Gian.

»Ist nicht wahr!«

»Doch.«

Giza beschäftigte sich mit ihren braunen Zöpfen und begann zu weinen. Sie tat das oft.

»Senta hat mich gehauen, weil ich sie nicht mehr tragen *konnte*«, schluchzte sie.

»Senta ist eine Hexe«, sagte ich. »Wir mögen sie alle nicht. Beim Spielen macht sie immer, daß ihre Partei verliert.«

»Sie kann nicht springen mit dem Bein, das sie hat.«

»Sie haßt uns, weil sie kein richtiges Bein hat.«

»Ist nicht wahr!«

»Doch.«

»Nun halt den Mund«, befahl Tante Andrea und fixierte ihren Bruder.

»Sonst kriegst du eine Fürchterliche gelangt«, doppelte Onkel Gian gemütlich nach. Er ordnete den Lederriemen auf seinem Bauch.

Ich wollte ebenfalls zu heulen beginnen, aber nun war es Zeit zum Aufbruch. Wir rasten die Treppen hinunter, durch den Garten und das Tor, das hinter uns zuschepperte, vorbei an Madorins lautlosem Hühnergehege, das im Vorbeirennen einer aufgeschlitzten Federmatratze ähnelte, vorbei an einem Stapel faulender Jutesäcke, vorbei am gelben Fahrrad des freihändig briefsortierenden Briefträgers und entlang dem schmalen langen Fußweg, der zum Schulhaus führte. Giza blieb stehen. »Senta wartet«, keuchte sie. Wir waren, ohne sie zu bemerken, an ihr vorbeigerannt. Senta guckte starr geradeaus, wir riefen, doch sie gab keine Antwort. Giza rannte zurück und trug sie bis in Blickweite der versammelten sonntäglich gekleideten Kinder. Senta schmatzte finster und wortlos gedörrte Apfelschnitze, rieb die Beinstütze an ihrer gesunden Wade. Die Kinder mochten, bedauerten und fürchteten sie zugleich. Die Lehrer, hagere Bergler, die im langen Sommer ihr Brot mit Heuen und Pflügen verdienen mußten, riefen zum Aufbruch, und das Jubelgeheul ähnelte den Begeisterungsrufen für ein stapellaufendes Meerschiff. Als wir die Landquart überquerten, hatten einige ihre mit Milch gefüllten Bierflaschen schon ausgetrunken und füllten sie nun mit dem eisigen Wasser des Bergflusses, dem wir in eine Schlucht hinein folgten.

Später bogen wir in steile Föhrenwälder ein. Einmal tauchte Giza neben mir auf und zischte mir ins Ohr, Gian, sie habe ihn gesehen, sei wieder in die Kneipe des Garni-Hotels gegangen, zu der Frau mit der tiefen Stimme. Ich fand nichts dabei. Er tat das jede Woche zweimal. Er stellte sein Fahrrad vor das kleine Bahnhofhotel und erzählte jedem zufällig des Weges Kommenden, er warte den ersten Zug ab, »um eventuelle Früchtchen gleich abzufassen.« Spätestens um zehn Uhr morgens trug Gian die erste Bläue des Tages im Gesicht.

Zuweilen verloren sich Teile der Schar seitwärts im Heidelbeergestrüpp; es war die Zeit der Beeren und Steinpilze, die man – der Feuchtigkeit des Waldbodens nachtastend – wie versteckte Schildwachen hinter Wurzelstrünken aufspüren konnte, braune fleischige Gewächse, die man roh hätte verzehren mögen. Der Nadelboden war harzig und schleimig wie der erste Tag der Welt.

Pfiffe riefen die Streunenden zurück, und ein Lehrer verteilte Kopfnüsse mit eichhörnchenhafter Emsigkeit; es gab Tränen, hassende und verstörte Gesichter, doch nach drei Stunden langten wir schließlich auf der Alp an. Es verlief auch anfänglich wie jedes Jahr. Spiele, Wettstreite, Zweikämpfe, Würste und Schwarzbrot wurden verteilt, zusammen mit einem Fetzen Zeitungspapier, an dem man die rußigen Hände abwischen konnte. Einzig Ballspiele waren abgeschafft worden. Unterhalb der Maiensäß befand sich die Paßstraße, und einige Meter tiefer gurgelte der aufschäumende Fluvla talwärts; im vergangenen Jahr war ein Fußball hinuntergerollt und wurde auch am nächsten Tag nicht im Gitterfang der Landquart gefunden.

Wir standen oder saßen mit heißen Köpfen, böse oder

triumphierend, als drei der Lehrer herbeirannten, pfeifend, gestikulierend, und die Kinderschar wie Wachhunde umkreisten und zusammenjagten. »Alle hierher! Ruhe!« Jeder Lehrer wiederholte das ›Ruhe‹, und es wurde halblaut und leiser von Kind zu Kind weitergegeben. Der älteste der Lehrer schöpfte Atem. »Wir lassen alles hier liegen, Rucksäcke, Schulranzen, gehen zur Straße hinunter und warten alle hinter der Alphütte. Das sind etwa fünfhundert Meter. Niemand spricht. Verstanden?«

Ich sah mich um.

»Wo ist Giza?«

»Deine Schwester kommt gleich«, erklärte ein Lehrer, nach meiner Schulter greifend, und drehte mich in die angewiesene Richtung. Stille herrschte. Die Alpwiese hinter uns lag wie ein vom Sturm überraschter Festplatz. Tatsächlich schoß in diesem Augenblick auch ein Windstoß von der Paßhöhe her, wirbelte Zeitungsfetzen auf und ließ die beiden Feuerstellen, an denen wir unsere Würste geröstet hatten, dunkelrot aufstieben.

Wir langten schweigend bei der Alphütte an. »Alle auf den Boden legen«, sagte einer der Lehrer. »Oder setzen.« Er zögerte. »Die Sache ist die, Giza hat mit Senta Beeren gesucht, und nun –«

Ein jüngerer Lehrer, Gadmer, ein bebrillter Bauernsohn, der zu schwach für den väterlichen Beruf gewesen war, führte den Satz weiter: »Gizas Füße haben sich in einer – einer Art, wie soll man sagen, Drahtgeflecht verfangen, das vermutlich mit einer Sprengbombe verbunden ist…«

Ich schoß auf, doch Gadmer, zwei Schritte neben mir stehend, warf mich mit einer genüßlichen Handbewegung zu Boden, bückte sich und hielt mich, weiterredend, fest. »Senta ist bei ihr, sie will sie nicht loslassen. Sie hält sich mit beiden Händen an ihr. Herr Lehrer Weibel hat sich bereit erklärt, bei den beiden zu bleiben. Wir verstehen nichts von diesen Dingen, und es ist möglich, daß die Drähte, wenn man daran reißt...« – er suchte nach dem Wort –, »ich glaube aber, es handelt sich um eine ungefährliche Sache. Das Zeug ist verrostet. Immerhin, als Lehrer haben wir die Pflicht, euch sofort aus der Gefahr zu führen. Bleibt ruhig. Wir werden jemand aus dem Dorf holen. Wer nicht gehorcht, wird verhauen. Verstanden?«

Niemand antwortete. Gadmer, der mich noch immer wie ein Karnickel am Genick festhielt, setzte sich neben mich. »Ich verstehe, daß du zu Giza gehen willst. Aber du darfst nicht. Du und ich – wir beide können jetzt nicht helfen. Wenn du wirklich mutig bist, bleibst du hier neben mir sitzen.«

Eine halbe Stunde später fiel die Temperatur um zehn oder zwölf Grad; zwei Lehrer sprengten mit Holzknüppeln die Tür der Alphütte auf und holten die Jacken, Pullover und Blusen, die wir auf der Wiese zurückgelassen hatten. Wir sahen durch Ritzen, wie sich dunkelwattige Nebelwolken auf die Föhren und über die Fluvla setzten, und es begann zu regnen. Der jüngste der Lehrer hatte einen Jutesack über Kopf und Achseln gelegt und war talabwärts gerannt.

Der junge Lehrer bemühte sich gar nicht erst zum Gemeindehaus, zum Büro Gians, einem kleinen Zimmer, in dem Kalenderzettel, Vermißten- und Steckbriefe vergilbten und wo – zu des Ordnungshüters strengster Zeit – im

Januar die Nummernschilder der Fahrräder eingelöst wurden; der Lehrer eilte geradenwegs am Gemeindehaus vorbei und betrat schnurstracks das Bahnhofsrestaurant, wo er, wie erwartet, Onkel Gian traf, tief in das brüllende Gespräch eines Baumeisters und eines Hausierers versunken, umnebelt von Stumpenschwaden, die einen Hustenanfall des Lehrers zeitigten, bevor er die Worte hervorstieß. Die drei Männer starrten ihn an, gossen ihren Veltliner hinunter und rauchten weiter. Sie verachteten Schullehrer. Es waren vielleicht die einzigen drei Männer im Dorf, die Schulmeister abgründig verachteten, und der stotternde junge Mann vermochte trotz aufgeregter Gesten diese Verachtung nicht zu tilgen. Sie hörten etwas von einem Kind, von einer Bombe, und als der Name Guyan fiel, versetzte Gian ohne Eile, er sei eben im Begriff, ihn zu verhaften, und was das bedeute – das mit der Bombe?

»Das sind die hurenverdammten Schwaben«, bemerkte der Hausierer. »Es sind immer Deutsche, wenn wo Bomben sind.«

»Guyan«, sagte der Lehrer, der so zitterte, daß seine Wildlederjacke knisterte, »Guyan versteht etwas davon.«

»Nördlich der Grenze sind ein paar richtige Kerle am Ruder. Die werden's diesen Zigeunern schon zeigen«, bemerkte Gian.

»Guyan ist der sicherste Bombenentschärfer von hier bis Chur oder noch weiter«, schwätzte der Hausierer. »Wenn's Krieg gibt, wird er über Nacht berühmt.«

»Scheißdreck«, bemerkte der Baumeister. »Militär holen, ganze Gegend abriegeln und jeden im Umkreis von fünf Kilometer verhaften.«

Das Wort ›verhaften‹ schreckte Gian auf. Er rief nach einem Enzian, goß ihn hinunter und setzte sich wieder.

»Wahrscheinlich ist er gerade beim Wildern«, überlegte er rüd. »Woher weiß man überhaupt, daß er was von Bomben versteht?«

»Guyan war im Spanischen Bürgerkrieg«, erzählte der Lehrer, »bei den Republikanern. Als Dynamitero.«

»Hat mindestens dreißig Brücken in die Luft gesprengt und mindestens fünfzig eh…«, der Hausierer suchte nach einem Wort.

»Entschärft«, ergänzte der Baumeister.

»Wir dürfen keine Zeit verlieren«, insistierte der junge Lehrer. »Es handelt sich um Ihre Nichte«, wandte er sich plötzlich an Gian. Onkel Gians Bauch bäumte sich, prallte gegen die Tischplatte, und die Erschütterung warf die Gläser zu Boden. Dann schmiß er seinen Stuhl um.

»Warum sagen Sie das erst jetzt, Sie Trottel«, brüllte er. Er packte den Lehrer, als wollte er ihn an die Wand werfen, doch er riß ihn bloß mit sich, zur Tür, verfing seinen Fuß in anderen Stuhlbeinen und riß weitere Sitzgelegenheiten um.

»Der Herr Lehrer kann mein Velo haben«, rief der Baumeister. »Aber um fünf will ich's zurück.«

Die Serviertochter und der Baumeister und der Hausierer traten ans Fenster und guckten den beiden Männern nach, die sich auf die Räder schwangen. Der strampelnde Lehrer war noch eine Weile zu sehen, nachdem der braune Fleck, Gian, eben hinter dem Bahnübergang verschwunden war.

»Die reinste Kanonenkugel«, sagte die Serviertochter.

Der Baumeister guckte sie böse an. »Dumme Witze sind

nicht am Platz. Jetzt muß gehandelt werden. Gehandelt.«

»Bring mir eine Flasche Bier«, sagte der Hausierer.

»Wenn sie Guyan finden, müssen sie wieder hier vorbeikommen.«

Guyans Gehöft lag verlassen. Als er aus Spanien zurückgekehrt war, hatte seine Frau das Vieh, die Heuwagen und ein Dutzend Ziegen verkauft; sie starb kurz nach seiner Rückkehr. Das Gras wucherte über den Hof bis zur morschen, eingestürzten Heubühne und den Ställen; wo früher Kühe stampften, hatte Guyan Dutzende von Kästen eingebaut und lebte wohl größtenteils von Kaninchenzucht. Man wußte aber, daß er jeweils in den Seitentälern verschwand, tagelang, das Töchterchen sich selbst überlassend, und Kupferkessel und Zinnkrüge bei den armen Bauern zusammenkaufte, um sie an Zwischenhändler weiterzugeben. Die Gesundheitsbehörde überraschte zuweilen sein Haus, fand jedoch immer – wider Erwarten – nur ärmliche Sauberkeit; Guyan selbst war ein achselzuckend akzeptiertes Geheimnis; man griff abergläubisch nach dem Geldbeutel, wenn er vorbeischritt, tippte in Gedanken ein rasches Kreuz über sich und Frau und Kinder, grüßte und sah ihm kopfschüttelnd nach.

Onkel Gian erreichte das Gehöft, ließ das Fahrrad mit militärischer Forschheit, riß das an einer Angel baumelnde Holzgatter auf und brüllte: »Guyan!«

»Ich bin hier, Gian. Was willst du dich wichtig machen?«

Gian erbleichte. Sein Blick glitt zum obersten Fenster. Die Läden waren überall zu, und die tiefen Fensterhöhlen waren verriegelt.

»Guyan«, sprach er schließlich mit offizieller Strenge, »wir brauchen dich.«

»So? Ihr braucht mich? Schau her.«

Onkel Gian konnte noch immer nicht ergründen, woher die Stimme klang. Schließlich sah er zum Kellerfenster, aus dem die Mündung eines Karabiners auf ihn gerichtet war.

»Das Haus ist auf einer Quelle gebaut, das weißt du. Ich habe Lebensmittel für zwei Wochen. Besorg dir eine Kanone.«

Bevor Gian antworten konnte, ging ein Schuß aus dem Kellerfenster und brach ein Stück Holz vom Stalldach. Gian zitterte.

»Das war nicht gezielt«, versetzte Guyan, und nach einer Pause: »Ich bin krank.«

»Wo?« fragte Onkel Gian teilnahmsvoll.

»Wurscht. Was der Schuß für Folgen hat, spielt keine Rolle.«

Onkel Gian war beleidigt. »Hab' dir nichts getan. Bisher.«

»Du drohst seit Jahren.«

»Du bist ein Wilderer«, antwortete Gian. »Außerdem hast du das Nummernschild deines Fahrrads seit Jahren nicht eingelöst.«

»Ich benütze es seit Jahren nicht.«

»Aber es steht doch vor dem Hause.«

»Es steht vor dem Hause, aber ich fahre nicht.«

»Ich komme nicht deswegen. Man braucht dich.«

»Kennst du Pablo Casals?« fragte Guyan aus dem Kellerfenster.

»Schließlich hat man einen Radioapparat zu Hause«, antwortete Gian unsicher.

»Ihr kennt nichts. Ihr wißt nichts«, sagte Guyan ohne Leidenschaft. »Wenn ich einen Rehbock schieße, ist es euch wichtiger als ein ganzer Krieg.«

»Ich bin Polizist.« Onkel Gian warf sich in die grüne Brust seiner Uniform.

Guyan lachte. »Ich hab' etwa fünf Leute getötet. Drei davon sicher. Und du?«

»Niemanden. Bisher«, gab Gian verdrossen zu.

»Zwei davon mit dem Messer.«

Guyan versuchte trotz aller Zeitnot, Zeit zu gewinnen. »Verstehst du Spanisch?« plauderte er.

»*Miu lumgatg ans' leu capiu.*«

»Das ist Romanisch«, antwortete Gian.

»*Chiavel!*« Guyan lachte böse.

In diesem Augenblick fuhr der junge Lehrer, das Gesicht hellrot erhitzt, heran, wollte vorbeifahren, als der Schuß krachte. Der Lehrer flog kreiselnd vom Fahrrad, erhob sich, ächzte und zog ein Taschentuch aus der Tasche; die linke Gesichtshälfte war staubig und blutverschmiert.

»Ich hab' nur den vorderen Reifen getroffen«, versprach Guyans Stimme aus dem Kellerfenster. Der junge Lehrer wandte sein Gesicht zum Dachfirst empor, suchte empört nach dem Übeltäter, er redete in zerfetzten Sätzen.

»Ich bin unbewaffnet. Wir brauchen Sie, Herr Guyan! Wir brauchen Sie. Ein Kind hat eine Bombe gefunden, eine Zeitbombe oder weiß ich was, es ist eingeklemmt in Stacheldrähten. Sie waren im Krieg, Sie kennen diese Dinge. Sie sind Anarchist, hab' ich gehört, aber es sind Kinder.« Er wischte sich das Blut aus der Stirnschramme, vermischte es mit dem Staub, bis sein Gesicht wie Asche und Wein war.

»Ich komme«, sprach die Stimme aus dem Kellerloch.
»Ich weiß, daß Ihr nicht lügt. Diesmal.«

Onkel Gian führte den jungen Lehrer zum Brunnen und tupfte ihm mit dem Taschentuch den Staub von der Wange. »Dem werd' ich's noch kochen, dem dreckigen Zigeuneranarchisten«, zischte Gian. »Zeit, daß eine neue Ordnung kommt.«

»Futsch, das Velo«, sagte eine Stimme hinter ihnen.

Sie wandten sich um. Guyan war ein schmächtiger Mann mit einem hageren, lederzerknitterten Gesicht, safrangelben Hautflecken und grauen Augen; seine Hände und Füße waren übergroß, so, als wären von ihrem Eigentümer Leistungen gefordert worden, die seinen Möglichkeiten nicht entsprachen. Er hielt ein Fläschchen Jodtinktur in der Linken und fuhr dem Lehrer mit einem kleinen Pinsel über die Wange.

»So. Und nun gehen Sie sofort zum Doktor.«

Der junge Lehrer lachte krampfhaft.

»Aus Ihren Hosen rinnt Blut«, sagte Guyan. »Sie haben sich beim Fallen verletzt.«

Der junge Lehrer wurde weiß. Er öffnete den Gürtel und ließ die Hose fallen. Sein Bauch war blutig.

»Wahrscheinlich ein spitzer Stein. Gefährlich ist es nicht. Können Sie gehen?«

Der junge Lehrer nickte. Onkel Gian und Guyan schwangen sich auf ihre Fahrräder und fuhren den holprigen Weg zurück. Guyan trug einen Rucksack mit Werkzeugen.

»Wir brauchen eine gute Stunde«, rief Gian zurück.

Guyan antwortete nicht. Er schien weit langsamer als Onkel Gian zu fahren, doch überholte er ihn nach zehn Minuten; Gian sah schwitzend und keuchend dem Rükken und dem Genick des schmächtigen Mannes nach. Er suchte nach einem Grund, um Guyan zurückzurufen, doch es fiel ihm nichts ein, und er rückte rasch das Koppel mit der Revolvertasche zurecht.

Onkel Gian langte sieben Minuten nach Guyan auf der Maiensäß ein.

Die beiden Lehrer, die schweigend und wetterfest wie Pilze vor der Türe geharrt hatten, begannen zu reden; einer öffnete die Türe einen Spalt und sah auf die sitzenden Kinder.

»Sie sind da.« Wir hörten Keuchen und das Geräusch eines Fahrrads, das gegen die Holzwand plumpste. Sie redeten, und ein paar Minuten später hörte ich Onkel Gians angestrengte, japsende Stimme, er werde Guyan nötigenfalls mit Gewalt begleiten.

Die Türe der Alphütte öffnete sich wieder, und einer der Lehrer sprach in die Stille: »Wir müssen jetzt alle warten.«

Mein Herz klopfte so laut wie durch ein Stethoskop.

Der Augenblick, der Unfaßbares bringt, läßt alles unfaßbar werden. Ich sah die Schnüre und Drähte, die Gizas Beine festhielten, voll Rost und Tod und Waldameisen und Disteln, und darunter das Verderben, sichtbar und glitschig wie ein in der Badewanne entglittenes Seifenstück.

Guyan befahl den Lehrern fernzubleiben; Onkel Gian begleitete ihn hinter den Granitblock, hielt Sentas Hand, deren Linke mit der Hand Gizas verklammert war; sie hielten sich alle drei, während Guyan ohne jede Hast seinen Rucksack auspackte.

»Willst du bleiben?« fragte er seine Tochter.

»Ja.«

Der Regen floß über ihre Köpfe.

Guyan legte Zangen, Drahtschere, Schraubenzieher und Metallsägen bedächtig nebeneinander, kniete nieder und spähte in das Erdloch, in dem Gizas Fuß steckte; dürres Gras, Tannenreisig, Drähte waren zu sehen; er richtete sich wieder auf und holte aus der Hosentasche ein zerdrücktes Paket Zigaretten hervor.

»Ist das nicht gefährlich?« Gian war entsetzt.

»Was?«

»Das Zündholz.«

Guyan antwortete nicht. Er griff ein zweites Mal in die Tasche, zog ein Sackmesser hervor und begann die Grashalme herauszuschneiden.

»Ruhig bleiben«, befahl Senta.

»Ja«, gab Giza tapfer zur Antwort.

»Ich meine Onkel Gian«, bemerkte Senta. »Er zittert.«

»Halt dein freches Maul«, befahl Gian.

»Ruhig bleiben«, wiederholte Guyan die Worte seiner Tochter. »Darunter ist nichts«, fügte er fast enttäuscht hinzu. »Oder doch.« Man hörte die Klinge auf Metall schaben.

»Was denn?« Onkel Gian wurde ungeduldig. »Kann ich helfen?«

»Nein.« Guyan richtete sich wieder auf. »Geschickt und doch ganz plump. Es ist eine Bodenmine. Vermutlich mit einer Handgranate gekoppelt.«

»Kannst du den Draht finden?«

»Sind mehrere.«

»Der da tut weh«, sagte Giza. »Dieser dünne da.« Sie bückte sich.

»Finger weg!« Guyans Gesicht näherte sich dem Draht

so nahe, daß seine Stirn Gizas Schuh berührte. Dann richtete er sich wieder auf.

»Willst du nicht weggehen?« fragte er Onkel Gian. »Du bist feige, auch wenn du bleibst.«

»Wenn deine Tochter mitkommt«, antwortete Gian fast triumphierend. Guyan guckte seine Tochter gar nicht an. »Sie will bleiben.«

Senta hielt Gians Hand fester als zuvor. Ihre kleinen Augen schienen mit denen ihres Vaters in das Erdloch zu stechen, in die Drähte und den regennassen Dreck.

Guyan grub in feuchter Erde und Tannennadeln, wühlte und schnupperte mit seiner scharf geschnittenen Nase wie ein Dachshund, leuchtete mit flackernden Zündhölzern unter die zu Klauen geformte Hand und streichelte die Drähte. Dann schnellte er auf, sah aufmerksam in die nächste Umgebung, ging wieder in Kauerstellung, steckte die von Hemdsärmeln entblößten Vorderarme in das Gewirr von Kupferschnüren und die sie umschlingenden Stacheldrähte, tastete von neuem, hakelte, zog, löste einen Stacheldraht, dann eine zweiten und dritten von seinem linken Handgelenk und schnitt die Drähte mit der Drahtschere durch.

»Keine Bewegung«, befahl er. Guyan riß mit einem energischen Ruck einen Gegenstand aus dem Loch, erhob sich, wartete länger als eine Sekunde und schleuderte das kinderfaustgroße Ding zielsicher hinter einen Granitblock; ein Knall folgte, Rinden- und Holzstücke flogen auf, Steine und nasse Erde.

»Der Rest gehört mir«, sagte Guyan. Er riß nun die Stacheldrähte auseinander und löste Gizas Fuß aus dem Gewirr. Dann kratzte er mit den Fingernägeln eine runde Metallplatte frei und zog sie aus dem Boden.

»Gian«, sagte er, »du darfst mir mit den Kindern im Abstand von fünfhundert Metern folgen. Ist nicht mehr gefährlich – trotzdem. Ihr könnt bei mir essen heute abend.«

Onkel Gian nickte und grinste vollmondig. Er bückte sich, schwang Senta über seine Schultern, hielt mit der Rechten ihr eingeschientes Beinchen und nahm Giza bei der Hand. Sie blieben noch eine geraume Weile stehen, bis Guyan auf der Paßstraße verschwunden war, und folgten ihm dann. Sie vergaßen uns, Lehrer, Schüler und Fahrräder.

Erst um zehn Uhr nachts kehrten Onkel Gian und Giza nach Hause zurück. Giza war glücklich wie eine Katze. Gian war betrunken. »Weib«, brüllte er, »hast du eine Ahnung von der Zubereitung eines Murmeltiers?«

»Wacholder und Zitronenschnitze«, sagte Andrea und brachte ihn wie ein dickes widerborstiges Kind zu Bett. Spät in der Nacht erwachte er und ging in Andreas Kammer hinüber.

»Guyan wird sterben«, erzählte er lallend.

»Wir sterben alle, Dummkopf«, antwortete sie, das Kissen im Rücken steil aufgerichtet, die Hände unter der Brust gefaltet.

»Guyan wird bald sterben. Was geschieht mit Senta?«

»Was geschieht mit der Bombe?« entgegnete seine Schwester.

»Mine«, präzisierte Gian. »Er will sie für sich behalten. Ich muß morgen die Kantonspolizei anrufen und eine Lüge erzählen.«

»Wird dir ja nicht schwerfallen«, sagte sie seufzend. »Sag einfach, er hätte sie verloren.«

»So etwas verliert man nicht«, widersprach Gian mit der

Hartnäckigkeit eines Betrunkenen, »so etwas verliert man einfach nicht.«

Sie seufzte wiederum.

»Guyan sagt, er werde mit der Bombe verschwinden, in drei Wochen, drei Tagen, genau weiß er's nicht.«

»Kann ich mir denken.«

»Du kannst überhaupt nicht denken, Weib«, antwortete Gian und schmetterte die Tür hinter sich zu.

Der Herbst begann.

Eines Morgens, als Giza und ich die Treppe hinunterrannten, noch immer an unserem Frühstücksbrot schlingend, stand Senta vor dem Hause. Ihre Lippen waren steif und bläulich. Sie hielt einen Brief in der Hand.

»Ich will nicht euch«, sagte sie. »Ich will Gian und die Tante.« Ihre Augen waren so starr wie ihr rechtes Bein. Sie trampelte an uns vorbei. Gian und Tante Andrea saßen noch immer am Tisch, lamentierend und schimpfend. Senta legte den Brief vor Gian und setzte sich wortlos auf einen Stuhl. Tante Andrea langte über die Tischplatte, riß das Kuvert auf und überflog den Brief, bohrte mit dem kleinen Finger an einem Zahn, knisterte nervös mit dem Papier und überflog es ein zweites und drittes Mal.

»Senta wird von heute an bei uns wohnen«, sagte sie obenhin, »Guyan hat dir seinen Hof und das Landstück vermacht.«

»Wem?« fragte Gian kauend.

»Dir.«

»Fremde Leute haben mich geweckt heute morgen«, bemerkte Senta. Sie saß, durch den Schulranzen gezwungen, auf der äußersten Kante des Stuhles.

»Wann haben Sie Ihren Vater zum letztenmal gesehen?«
fragte Onkel Gian und zog einen Schreibblock aus seiner
Ledertasche, deren Riemen sich mit dem Riemen der Revolvertasche über seinem Riemenrücken kreuzte.

»Vor drei Tagen«, antwortete Sentas blumenlippiger
Mund.

»Und wann hast du zum letztenmal gegessen«, fragte
Andrea entsetzt.

»Seit dann.«

Onkel Gian schob ihr schweigend den Teller mit den
hartgekochten Eiern hinüber, schnitt drei Stücke Brot ab
und begann sie mit Butter und Honig zu bestreichen.
Dann holte er eine Tasse aus der Küche und goß den Kakao ein. Tante Andrea las den Brief zum viertenmal. »Er
vermacht Gian also den Hof und das Haus.«

»Das stimmt nicht mehr«, warf Senta ein. »Vater hat alles verkauft, den Hof und das Land. Aber das Geld gehört dir. Es liegt auf der Kantonalbank. Du sollst es mir
wiedergeben. Wenn ich keinen Idioten heirate, hat Vater
gesagt. Sonst gehört es dir. In der Zwischenzeit werde ich
hier wohnen. Muß ich heute zur Schule?«

»Warum sollst du nicht zur Schule heute, liebes Kind?«
fragte Andrea.

»Weil mein Vater tot ist.«

»Woher weißt du das?«

»Er sagte, ich solle drei Tage warten.«

»Dann muß sie heute nicht zur Schule«, entschied Gian
autoritär. »Das ist Sitte. Iß weiter. Wo hat dein Vater die
Bombe hingebracht? Wo hat er sie vergraben?«

»Da, wo es eines Tages für jemanden eine Überraschung
sein könne, hat er gesagt.«

»Guter Einfall«, sagte Tante Andrea und trug das Geschirr in die Küche.

»Wird Schwierigkeiten geben«, bemerkte Onkel Gian besorgt.

»Ja«, bestätigte die kleinäugige Senta. »Glaub' ich auch.«

Nun, so ging für uns der Krieg zu Ende.

Senta verschwand als Achtzehnjährige, so, wie sie zu uns gekommen war, und es gab einige Schwierigkeiten mit der Bank, weil wir niemals mehr von ihr hörten und Onkel Gian vor seinem eigenen Ableben noch alles in Ordnung bringen wollte. Wie er das schließlich schaffte, ist mir schleierhaft. Senta kehrte nie zurück.

Bisher hat man auch nicht vernommen, daß jemand mit Guyans Bombe Unannehmlichkeiten gehabt hätte. Aber das will nichts sagen, gar nichts. In diesem Land sind noch etliche Hektar zu verkaufen. Und Senta kann jeden Tag zurückkehren. Jeden Tag.

Die Nachbarn

Eine Verfremdung

Nur für drei Respektspersonen des Dorfes pflegte Branger die Briefmarken selbst mit der Zungenspitze zu befeuchten. Heute war eine Art Feiertag, ein Siegestag, und es war tatsächlich ein Sieg, sofern man achtzehn Jahre ungeduldigen Wartens und unterdrückter Entrüstung so nennen konnte. Von seinem Schalter aus – Branger mußte dabei den Hintern vom Schemel lösen – sah er geradenwegs in den wildüberwachsenen Patrizierhof der alten Frau Rumald hinüber und auf den Springbrunnen, der plätscherte. Seit heute früh plätscherte er nicht mehr. Johanna Rumald war gestorben, ohne viel Aufhebens davon zu machen. Die kleine alte Dame mit dem spitzenumrahmten Gesicht lag einfach im Bett und überraschte die ebenso alte Köchin dadurch, daß sie um Punkt Viertel nach sieben nicht zum Frühstück kam. Um halb neun erschien der Arzt, schloß ihre Augen, benachrichtigte Familie und Gemeindekanzlei; anderthalb Stunden später – Branger konnte es von seinem Sessel aus genau beobachten – erschien der jüngste Sohn in Begleitung seiner Frau; beide waren schwarz gekleidet, blieben einen Augenblick in der botanischen Wildnis stehen und ließen das geschnitzte alte Tor hinter sich offen. Der junge Herr Rumald gab eine Anweisung an die Köchin und blieb vor dem Springbrunnen stehen, wartete, bis er zu stocken begann, noch einmal aufschoß und dann glucksend in sich zusammenfiel und versiegte.
Dies alles bemerkte Branger mit Triumph und Freude.

Sein stiller Kampf, ein sehr stiller Kampf, wenn man von seinen kurzen Protesten im Gemeinderat absah (der Wasserverbrauch der Gemeinde steigere sich durch Mißbrauch eines Springbrunnens ins Untragbare), sein Kampf also war zu Ende. Nicht daß er Springbrunnen gehaßt hätte, o nein, im Sommer konnte man oft die Gesichter der Touristen sehen, die in den großen Garten spähten, die Hausornamente fotografierten und sich freuten. Nein, es hing ganz einfach mit seinem Blasenleiden zusammen, mit einer Blase, die durch das ständige Plätschern wachgerufen wurde und ihn alle fünfundvierzig Minuten in die hölzerne Toilette hinausrief, wo er ein bißchen Wasser abschlug und sich gleichsam die Vermutung bestätigen ließ, daß sein Leben dahinträtröpfele...

Der Blick aus dem Schalterviereck und aus dem kleinen Fenster der Post, *»qui donne malheureusement sur mon jardin«*, wie die alte Rumald sich auszudrücken beliebte, dieser Blick erschloß sich ihm schon am nächsten Nachmittag fast unvergeßlich: Automobile aus der Stadt füllten jeden Winkel des Dorfes und standen in jedem Hof; eine Unzahl schwarzgekleideter eleganter Leute, Verwandte, Söhne, Töchter mit Gatten, Enkelkinder. Den ganzen Tag blieb das sonst festverschlossene Tor offen, und der Postschalter – das heißt *er* – hatte Hochbetrieb. Man schickte Telegramme in alle Welt. Zwei nach Amerika, eins nach der Réunion und eins nach Sidney, Australien. Branger blätterte lässig und ernst das Tarifbuch durch, zählte die Worte, rechnete, netzte den Kugelstift an der Zungenspitze (er hatte sich den Tintenstift noch immer nicht abgewöhnen können), addierte und nannte die Kosten; eines der Telegramme war englisch verfaßt, und es reichte an eine Niederlage, als er den Text über den Telefonapparat ans Hauptamt weitergab. Er zog sich klug aus der Sache, diktierte Buchstabe für Buchstabe und ließ mit verächtlicher Miene durchblicken, der Bursche, der den Text am andern Ende abnahm, sei nicht völlig auf der Höhe. Mit verächtlichem Zischlaut knallte Branger den Hörer auf die Gabel zurück und wandte sich wieder an einen dunkelgekleideten Schalterkunden.

»Wie lange dauert's, bis das Telegramm drüben ist?« Der Fragende wies mit einer Kopfbewegung durch das Postfenster, als begänne Australien gleich hinter Malauns Ställen.

»Augenblick.« Branger bewegte die Lippen und kniff angestrengt die Falten über der Nasenwurzel zusammen. »Morgen nachmittag sollte es wohl dort sein«, sagte er dann. »So gegen zwei.«

»Schon?« fragte der distinguierte Herr erfreut. Branger ärgerte sich. Er hatte gehofft, der Kunde würde die lange Zeitdauer beanstanden, was ihm, Branger, wiederum Gelegenheit gegeben hätte, den Mann über die Länge der Distanz zu belehren.

»Früher dauerte es fast zwei Tage«, bemerkte der Herr freundlich. »Aber es ist schon wieder drei Jahre her, seit ich zum letztenmal drüben war.«

Drüben! Branger ärgerte sich.

Für die nächsten drei Vornehmen war Brangers Zunge zu trocken und seine Hand zu feucht. Die Briefmarken klebten an seinen Fingerspitzen, lauter Werte à 10, Briefe in die nächste oder übernächste Gemeinde.

Eine Ruhepause trat ein.

»Mehr als dreißig Minuten«, schreibt der Reporter James Buckley, »sahen und hörten achtunddreißig ange-

sehene Bürger einen Mann eine Frau, Catherine Delpoint, niederschlagen. Anständige Leute, meint der Chefinspektor Carl H. Lusser lakonisch. Nichts Nachteiliges sei vorderhand über die Bewohner dieses an sich respektablen Stadtquartiers bekannt. Der Überfall geschah auf dem provisorischen Parkplatz eines abgebrochenen Warenhauses. Catherine Delpoint parkierte ihren roten Ford auf der rechten Seite eines Zufahrtswegs, schloß den Wagen und bemerkte einen Mann, der sich im Schatten einer Baubaracke verbarg. Sie ängstigte sich, begann zu rennen und wurde von dem Mann nach wenigen Schritten eingeholt und mit Dolchstichen in der Schultergegend verletzt. Es war 20 Uhr 40, die Fenster der umliegenden Häuser waren erhellt und geöffnet. Man vernahm die Schreie Catherine Delpoints weitherum, das Echo ist beträchtlich dort, wie ich feststellen konnte. Der Täter erschrak, rannte zurück und verbarg sich wieder an derselben Stelle. Die Leute zeigten sich, wie ein Zeuge zu berichten weiß, an den Fenstern und löschten die Lichter. Man hörte das Stöhnen der Frau im ganzen Häuserblock. Nach annähernd einer Viertelstunde wagte sich der Mörder wieder aus seinem Versteck und verfolgte die junge Frau, die auf Händen und Knien weiterkroch und um Hilfe schrie. Aufs neue waren die Schmerzensschreie der Frau zu hören, als der Mann sie mit dem Messer in Hüften und Schenkel stach. Sobald ein paar Lichter wieder angingen und eine Stimme ›Ruhe‹ rief, flüchtete der Täter aufs neue, diesmal, wie die Untersuchungen der Polizei ergaben, für weitere Minuten. Nach diesem Zeitablauf wagte sich der Mörder wieder aus seinem Versteck hervor und überfiel Catherine Delpoint ein drittes Mal. Er zerriß ihre Kleider, legte *ihr seinen Ledergürtel um den Hals und versuchte sie zu vergewaltigen. Augenblicke später vernahm eine Polizeipatrouille das Schreien und Ächzen der Frau. Der Täter flüchtete. Aus der Nachbarschaft hatte niemand der Polizei telefoniert. Catherine Delpoints Zustand ist besorgniserregend. Sie hat bis zur Stunde das Bewußtsein nicht wiedererlangt.*«

Das Postbüro war leer. Branger verließ seinen Sitz, um den Laden ein Stück herunterzulassen und das Sonnenlicht abzuschirmen. Die Stille des Nachmittags beherrschte den Dorfplatz; zuweilen gackerte ein Huhn, ein und dasselbe Huhn auf einer Bretterbeige, die seit Menschengedenken ihrer Verwertung wartete. Drüben gingen noch immer Leute aus und ein, unterhielten sich gemessen, nickten und lachten auch zuweilen gedämpft. Trauer war hier Wohlerzogenheit. Niemand schien zu wissen, was ihn all die Jahre hindurch leiden gemacht hatte. Er wußte es plötzlich selbst nicht mehr und erhob sich automatisch, um die kleine Holzkammer aufzusuchen. Ebenso automatisch zog er die Leine, doch der Behälter an der Decke röchelte bloß. Er versuchte es ein zweites Mal. Wahrscheinlich war der Schwimmer defekt. Er stieg auf die Toilettenschüssel und fingerte am Schwimmer herum. Nichts geschah. Im Schalterraum hörte er die Tür ins Schloß fallen, er ging hinaus und setzte sich wieder auf den Schemel. Im Schalterviereck erblickte er Armin, seinen zwölfjährigen Sprößling, der einen unfrankierten Brief in der Hand hielt, den Schulranzen auf dem Rücken.

»Du sollst eine Zehnermarke draufkleben, sagt Mutter.«

Armin reichte ihm den Brief durch die Schalterluke. Er prüfte den Brief, drehte ihn um, als wäre ihm der Absender unbekannt, und fragte dann:

»Was steht drin?«

»Mutter schreibt Onkel Erwin, ob sie am übernächsten Sonntag kommen oder nicht.«

»Haben wir sie eingeladen?«

»Mhm. Wann wird die Alte begraben?«

»Frau Rumald, meinst du?«

»Mhm.«

»Wie heißt die Hauptstadt von Island«, versuchte er den Sohn zu überrumpeln.

»Rejkjavik«, antwortete Armin gelangweilt. »Wann wird sie begraben?«

»Übermorgen, denk' ich.«

»Das Wasser geht nicht, sagt Mutter. Sie hat große Wäsche.«

»Waschen, wo, denkt sie, daß sie die Wäsche aufhängen kann? Im Keller? Heute und morgen und übermorgen kann nicht gewaschen werden. Schließlich sind wir nicht Chinesen, die mit weißer Wäsche trauern.«

»Tun sie das?«

»Wer?«

»Die Chinesen?«

»Natürlich tun sie's.« Branger drehte den Brief um und um.

»Warum ist er nicht frankiert?« fragte er dann streng.

»Du sollst eine draufkleben, läßt Mutter ausrichten. Eine Zehnermarke.«

Branger guckte durch das holzgetäfelte Viereck des Schalters und wiederholte mechanisch seinen zwanzigjährigen Dorfwitz:

»Wir sind keine Kreditanstalt.« Dann lachte er ins Leere und in das Gesicht seines Sohnes. Der Junge hatte die Ellbogen aufgestützt und hielt die Fäuste schläfrig in die Wangen gepreßt.

»Eine Zehner«, wiederholte der Sohn.

»Was schreibt Mutter im Brief?« beharrte Branger.

»Eben: ob sie kommen oder nicht.«

»Onkel Erwin ist eingeladen. Wann er mit den Seinen kommt, soll *er* mitteilen. Damit spart man viel Mühsal. Auch für die Post.« Branger zerriß kurzerhand den Brief. Als Armin lachte, hob er die Hand zu einer Ohrfeige. Der Sprößling blieb ungerührt. Branger ließ die Hand wieder sinken und staunte. Er glaubte Mut zu verspüren. Dann hob er die Hand ein zweites Mal.

»In der letzten Geographiearbeit hab' ich Bukarest und Budapest verwechselt«, teilte Armin mit. »Du auch: wir hatten erst am Abend zuvor darüber gesprochen.«

Branger blickte nachdenklich durch die Schalterluke. Sein Sohn sah ihm sehr ähnlich. Armin besaß die nachlässige Überlegenheit des Könners, *seine,* Brangers, weißen enganliegenden Ohren und die nämlichen hängenden Schultern und Arme und die Augenbläue, die charakteristisch für *ihn* war, hager und klein. Armin konnte bereits über Tradition verfügen, wenn er dereinst sein Nachfolger würde. Die Primarschule hatte er hinter sich, und in zwei Jahren war die Berufswahl bereits zu diskutieren, wiewohl eine Diskussion außer Zweifel stand: Armins Zukunft gehörte der Post und damit dem Kontakt mit Übersee und der weiten Welt überhaupt. Im ›Praetischen Anzeiger‹ war kürzlich von einem naseweisen Burschen eine Diskussion vom Zaun gerissen worden, ob die Jungen noch Ideale zu verteidigen hätten oder nicht; viel Abfälliges wurde geäußert. Widerliches, Destruktives. Immerhin trafen ein paar Leute den richtigen Ton und die richtige Sache. Zumindest was die Erhaltung des Nationalparks betraf. Vor seinem inneren Auge sah er den Briefmarkensatz für den Nationalpark fadengenau: die Zehner mit einem Steinbock; die Zwanziger bärenbraun mit einem Murmeltier; die Dreißiger preußischblau mit einem Bergbach; die dunkelrote Vierziger mit einem röhrenden Sechsender und die graue Fünfziger mit einem Steinadler. *Er* würde dieses Ziel kaum mehr erreichen; Armin vielleicht, den er mit einigem Glück eines Tages nachziehen konnte. Es war möglich, es lag durchaus im Bereich des Möglichen. Er fühlte eine erhebende, wärmende Freude in sich, als er daran dachte... Branger sah schweigend in die Ferne und schließlich wieder in das Gesicht seines Sohnes, der – wie er selbst – die Ellbogen auf das Schalterbrett gepflanzt hatte und ihn durch das Viereck anguckte. Er verspürte das dringende Gefühl, die Blase zu leeren.

»Bleib hier«, befahl er. »Ich bin gleich zurück.« Armin nickte schläfrig und begann durch die Hosentasche an seinem Ding zu fingern.

Im Holzkämmerchen zog Branger wiederum vergeblich die Kette; der Kasten über der Toilettenschüssel war leer.

Als er verärgert zum Schalter zurückkehrte, hatte eine Schlange Wartender den Sohn abgedrängt. Frauen aus dem Dorf, die Stoffmuster an die Fabrik zurückschickten oder Krankenkassenprämien einzahlten, unterbrachen die Reihe schwarzgekleideter Herren aus der Stadt, die sich – Telegrammtexte in der Hand schwenkend – gedämpft und höflich über die strengen Frauenköpfe hinweg unterhielten.

Die Hitze wuchs, und um drei Uhr brach die Reihe brüsk ab.

»Ich interviewte«, schreibt der Reporter James Buckley am nächsten Tag, »achtunddreißig Personen. Wenigstens versuchte ich achtunddreißig zu interviewen. Doch achtundzwanzig schlugen mir die Tür vor der Nase zu, und sieben weitere behaupteten, krank zu sein. Einer führte mich sogar für eine Sekunde in die Küche und zeigte mir ein Glas Wasser und zwei Röhrchen mit irgendwelchen Tabletten. Ob's nicht für vier, drei oder vier Fragen beziehungsweise Antworten reiche, fragte ich, doch er verneinte. Es sei ihm speiübel. Gewiß, er habe die Frage des uniformierten Polypen mit einem Ja beantwortet, ja, er habe die Schreie gehört und auch aus dem Fenster geguckt. Na und? Ich möge mich zum Teufel scheren und kranke Leute in Ruhe lassen, meinte er. Schwartz lautet sein Name. Irgendwie J. Schwartz. Also, ich scherte mich. Fünfunddreißig von achtunddreißig Personen, ich wiederhole: fünfunddreißig von achtunddreißig Personen benahmen sich feige. Wenn man das in Prozenten ausdrückt, kommt man in einer Stadt, in der einige Millionen leben, auf ein merkwürdiges, wenn nicht deprimierendes Resultat. Ganz abgesehen von der Tatsache, daß die Schreie der Catherine Delpoint zweifellos von mehr als von achtunddreißig Personen vernommen wurden. Auch die drei, die meine paar Fragen beantwortet haben, sind keine Helden, anständige Feiglinge höchstens. Aber wenigstens das. Der Rest ist und war Schweigen. Schweigen, weil die Leute die Lichter löschten und Fenster schlossen, verstohlen. Sie

*hatten Angst, und es war ihnen peinlich, Angst zu
haben.
Catherine Delpoint liegt mit schweren Verletzungen und
ohne das Bewußtsein wiedererlangt zu haben im Fran-
cis-Spital. Ihr Körper weist elf Messerstiche auf, Würg-
spuren am Hals und vier gebrochene Rippen. Mehrere
Personen wurden bisher verhört und wieder freigelas-
sen, zwei gegen Entrichtung einer Kaution.«*

Branger nickte ein. Er schreckte zweimal von seinem
Schemel hoch und nickte wieder ein.
Ein hochgewachsener Mann mit schwarzer Melone
stand vor ihm und hielt schützend den aufgespannten
Schirm über eine zierliche, schneeweißalte Dame, die mit
einem seidenen Spitzentüchlein ihre Stirne betupfte. Sie
deutete mit dem linken Zeigefinger auf ihn. »Das ist er«,
bemerkte die alte Dame und wandte sich an den hochgewachsenen Herrn an ihrer Seite.
»Herr Branger«, sagte der schwarze Herr streng, »ge-
statten Sie, daß ich Ihnen meine Mutter vorstelle, Madame Rumald.«
Branger erhob sich ehrerbietig von seinem Schemel. Er
kannte ihr Gesicht von den wenigen Malen, da er es – im
Laufe mancher Jahre – für Sekunden an einem Fenster
erhascht hatte.
»Wir kennen uns, sozusagen…«, antwortete er zögernd.
»Vom Hörensagen«, wisperte die alte Dame verächtlich.
»Soweit ich mich erinnern kann, hat mir dieser Wicht
meinen Springbrunnen mißgönnt.«
»Stimmt das?« Die Stimme ihres hochgewachsenen Be-
gleiters klang streng und hart.

»Mißgönnen ist etwas — etwas übertrieben«, erklärte Branger.

»Mäßigen Sie Ihren Ton, mein Herr«, befahl der schwarzgekleidete Mann und begann den Schirm einzufalten.

Branger richtete sich auf. »Ich bin Staatsangestellter, wenn ich bitten darf —«

»Ruhe!«

»Ich verbitte mir —«, verbat sich Branger leise.

»Siehst du«, heulte die Alte. »Dieser kleine Querulant. Über mein Grab hinaus lehnt er sich auf, über mein eigenes geweihtes Grab hinaus!«

»Beruhige dich, Mutter«, sprach der hochgewachsene Mann distinguiert, »wir werden den Fall sozusagen postwendend erledigen.« Er hatte seinen Schirm bereits umgedreht, tastete durch die Schalterluke mit dem gekrümmten Griff nach Brangers Genick, hakte ein und riß ihn mit einem Schwung in die Schalteröffnung. Branger zappelte wie ein Kaninchen, schrie und versuchte sein Genick vom Schirmgriff zu befreien.

»Ruhe«, befahl der Mann sachlich. »Dein Urteil, Mutter?«

Der Mann sah die Frau fragend an. Sie lächelte, hob die kleine weiße Hand und führte sie dicht vor Brangers Gesicht und wie mit dem Daumen neronisch nach unten.

»Soll ich das Urteil gleich hier vollstrecken?« Die Stimme des Mannes klang gelangweilt. Sie paßte durchaus nicht zum Anblick des schwarzen Engels, als welchen ihn Branger zu sehen glaubte.

»Sofern er keine mildernden Umstände anzugeben hat: Ja.«

Die Alte kicherte und rieb mit ihrem Spitzentüchlein verächtlich den Angstschweiß von Brangers Stirn, so, als polierte sie einen Silbertopf.

Der Griff lockerte sich etwas.

»Ich hab' eine überreizte Blase«, keuchte Branger. »Der Springbrunnen ist hübsch, wunderschön sogar. Aber er hat meine Gesundheit ruiniert.«

»Das ist durchaus ein Argument, *ma foi*«, sagte die Alte zu seinem Erstaunen. »*Quand même*, es ist keine Entschuldigung.«

»Dein Urteil?« wiederholte der Sohn gelangweilt.

»Wir haben nicht mehr allzuviel Zeit, und ich muß noch eine Adressenliste für die Todesanzeigen aufstellen.«

»Er soll sich ruinieren«, entschied die Alte kichernd. »Sag ihm, er soll sämtliche Briefmarken abstempeln. Alle.«

»Gehört?« Der Griff des Mannes wurde fester.

Branger nickte.

»Also beginne.«

Branger tastete in die Schublade und holte die Briefmarken hervor.

»Zuerst die hohen Wertzeichen«, befahl der Mann.

»Los. Stempeln. Alles entwerten. Datum von heute.«

»Alles entwerten?«

»Alles, restlos alles. Braucht nicht schön zu sein. Wir sind keine Philatelisten, nicht wahr, Mutter?«

Die alte Dame faltete die Hände. »Los«, flüsterte sie.

»Stempeln, stempeln, stempeln und stempeln.«

Branger tastete nach dem Stempel, legte mit Fachkenntnis die Briefmarkenseiten zurecht und drückte den Stempel auf.

»Schneller«, sagte der Mann. »Schneller. Viel schneller.«

Anfänglich war es eine Qual. Doch unter dem jochartigen Schirmgriff wurden Brangers Bewegungen immer behender. Es begann ihm zu gefallen. Wirklich zu gefallen. Er versuchte alles um sich herum zu vergessen, um schneller voranzukommen. Der Stempel pochte dumpf und rasch zwischen Stempelkissen und den Briefmarkenbogen hin und her, pochpochpochpoch, pochpochpochpoch. Brangers Vergnügen wuchs, Seite um Seite flog gestempelt vom Schaltertisch; er entwertete den Verbrauch kommender Tage, Wochen und Monate, pochpochpoch, die Alte kicherte und wieherte, und ihre knöchernen Finger klopften den Takt mit, pochpochpoch; er arbeitete hastiger, besessener, trommelnd beinahe, immer das Joch des Schirmgriffs im Genick, sein Unterarm flog hin und her, stempelnd, entwertend, pochpoch, pochpoch, pochpoch...

»*Catherine Delpoint, die vorgestern nacht von einem Unbekannten dreimal niedergestochen wurde, hat bis zur Stunde das Bewußtsein nicht wiedererlangt. Eine Hausfrau, die erst nach langer Befragung zugab, sie und ihr Mann hätten die Schreie des Mädchens gehört, kommentierte ihre Apathie mit den Worten: ›Wir dachten, es sei irgendein Liebesstreit.‹ Und ihr Gatte gestand schließlich: ›Wir hatten einfach Angst.‹ Dann fügte er hinzu, er habe zweimal gerufen: ›Lassen Sie das Mädchen in Ruhe!‹ Seine Frau bestätigte das.*
Der Anruf, der bei der Polizei eine Stunde nach der Tat eintraf, stammte von einem siebzigjährigen Rentner, Witwer und Nachbar von Catherine Delpoint. Der Rentner hatte sich zuerst an eine schon schlafende Nachbarin gewandt und sie geweckt. Beide waren unschlüssig

und beobachteten vom Fenster aus den dritten Überfall des Mörders.

›Ich hatte keine Ahnung‹, meinte der Rentner, ›daß es sich um Catherine Delpoint handelte.‹ Auf die Frage, ob er sonst sofort die Polizei benachrichtigt hätte, antwortete der alte Mann, ein ehemaliger Kriegsteilnehmer, verlegen: ›Ich glaube schon.‹ Doch seine Nachbarin, dreiundsechzig Jahre alt, antwortete: ›Ich nicht sicher. Fräulein Delpoint brachte oft merkwürdige Leute nach Hause.‹

Der dritte Mann, Familienvater mit vier Kindern, hörte die Schreie, als er im Lift den Knopf drückte. Er hielt den Lift wieder an und öffnete die Türe zum Hausflur. Er vernahm das Stöhnen und die Schritte des davoneilenden Täters. Auf die Frage, warum er nicht wenigstens die Polizei angerufen habe, antwortete er: ›Ich weiß nicht. Ich war müde. Ich ging schlafen. Meine Frau war noch wach, aber da unsere Scheidung bevorsteht, sprachen wir nicht miteinander. Ich zog mich aus und schlief sofort ein.‹

Ein Sprecher des Polizeidepartements gab heute bekannt, es bestehe keine gesetzliche Forderung, nach der ein Bürger verpflichtet sei, die Polizei über ein Verbrechen zu orientieren.«

Als Branger erwachte, fühlte er sich krank. Das Haus nebenan stand leer. Zum erstenmal in seinem Leben war er überzeugt, allein zu sein. Er ging zum Kasten, holte den Stoß neuer Briefe heraus und begann vorsichtig den ersten Brief zu öffnen. Er war enttäuscht, auch vom nächsten und übernächsten Brief, von allen Briefen, die er öffnete. Die Geheimnisse der Dorfbewohner langweilten ihn. Er hatte von allem gehört, tausendmal gehört, und die Personen waren ihm gleichgültig, Jesus Christ, er hätte das Adreßbuch aufschlagen und jedem Namensträger eine Geschichte anhängen können. Absender und Empfänger – kein Unterschied. Jeden Morgen riß er die Briefumschläge auf, überflog das Geschriebene und warf den Haufen in den Papierkorb. Er wartete.

Zehn Tage später traten zwei Landjäger ins Postbüro und forderten ihn auf mitzukommen. Branger nahm den Hut vom Haken, schloß die Schublade und folgte den beiden Männern.

»Catherine Delpoint, die vorgestern nacht in der Bronx niedergestochen wurde, ist heute früh ihren Verletzungen erlegen, ohne das Bewußtsein wiedererlangt zu haben. Die Polizei glaubt den Täter, einen siebenundvierzigjährigen Mann, verheiratet und Vater eines Sohnes, gefaßt zu haben, obwohl er einzig zugibt, er kenne Catherine Delpoint vom Sehen und fände sie, im Gegensatz zu seiner Frau, sehr attraktiv. Die Frau des mutmaßlichen Täters entdeckte gestern die blutbefleckten Kleider ihres Mannes. Auch sie hatte die Schreie gehört. Sie wolle sich nicht in die Affären anderer Leute einmischen, meinte sie. Im übrigen hält sie es für möglich, daß ihr Mann die Tat beging. Nach den Gründen ihrer Vermutung befragt, antwortete die Hausfrau: ›Ich weiß nicht. Die Nachbarn gehn mich nichts an. Oder?‹«

Die Wespen

Er döste vor sich hin.

Es war ein Tag mit Schlagzeilen und Agenturmeldungen wie jeder andere: August. Weiße, jungfräulich aufgebrochene Briefe vergilbten nach drei Nachmittagen zum Alter einer päpstlichen Bulle, pergamentig, spröde und überfällig; Ressort Feuilleton und Allgemeines, F & A, mit dem Rotstift schwungvoll über die Briefköpfe geschmiert. Trotz der Hitze behielt er die Manchesterjacke an, heute wie an jedem andern Tag, Sommer und Winter; eine Eleganz, die er so nonchalant und selbstverständlich trug, wie ein Kellner seinen Arbeitsfrack im Altersheim tragen mochte, standesbewußt und eisern; eisern schienen ihm auch Stirn und Schädel, zu Lebzeiten ausgestopft mit dem blumigen Heu literarischer Urteile und zu Lebzeiten eingeschrumpft vom kopfjägerischen Herausgeber, der – so träumte er einmal – bei Einladungen die verkleinerten Köpfe der Redakteure herumreichte; auch sein eigener war darunter, und die Gäste zupften mit von ethnologischem Interesse gemilderten Grausen an den Härchen auf seinem Scheitel herum, Konversation treibend, den Gastgeber erfreuend: »Handwerklich ist das fabelhaft!« und: »Man glaubt, den Mann geradezu vor sich zu sehen!« Schneidig hätte man seinen Kopf selbst nach fachkundiger Einschrumpfung nicht nennen können: Rundlich, mit etwas schäbigen Augenbrauen und einem Kinn, das ein Karikaturist glatt unterschlagen und dafür die dünnen Lippen und herabgezogenen Mundwinkel markiert hätte. Er war fünfunddreißig und ziemlich fett. Sich rückwärts beugend, schlug er dreimal mit den Knöcheln gegen die Tür.

»Kaltgeboren« trat aus dem Nebenzimmer, stramm und stumm, ein grünes Korrespondenzdossier wie ein Herbarium unter den Arm geklemmt. Eigentlich hieß sie Kelterborn. »Kaltgeboren« war seine Erfindung, und sie wurde mit Erfolg von der Handelsredaktion bis zur Außenpolitik geflüstert. Fräulein Kelterborn war jünger, als sie aussah; die Einsamkeit hatte graue Schienenstränge in ihr Gesicht gezogen.

Da er beharrlich schwieg, zog sie sich wieder zurück.

Die Hitze kroch über den Schreibtisch, saß im Radiergummi, den er zwischen den Fingern zerknutschte, während seine Linke lustlos in einem Stoß neuer Briefe wühlte. Er schob schon den Haufen weg, verweigerte sich standhaft eine Zigarette und holte den Briefhaufen wieder zurück. Einer der Laufburschen trat ein, warf ein Bündel armlanger Fahnenabzüge auf den Schreibtisch und ging kauend und mit hohlem Blick wieder hinaus. Die Hitze blieb.

Er kämpfte gegen die Versuchung, die Manchesterjacke auszuziehen, hielt aber stand. Schmale Schultern waren ein Greuel. Und draußen war der breitschultrige Sommer, der im Geäst der Parkhalle hockte, auf den zerfließenden Eiskrems lutschender Kinder, auf dem schwarzen Crêpe nickender alter Damen. Der Sommer war überall. Auch auf dem Boulevard, auf dem eine ältere Frau lautlos vornüberfiel; das war am Vortag geschehen und wurde kommentarlos unter dem Wetterbericht veröffentlicht.

Das Geklingel tönte matt und sonnenölgeschmiert, und der Telefonhörer fühlte sich klebrig an.

»Meinetwegen«, sagte er gelangweilt. »Verbinden Sie mich.«

Der Anruf kam von unten, von der Zentrale. Es knackte in der Leitung. Die weibliche Stimme klang übereifrig und wohlgemut. »Sie sind Herr Doktor –?« Sie nannte seinen Namen und äußerte die Vermutung, sie hätten zusammen die Primarschule besucht. »Guarda, Graubünden. Stimmt's?«

»Ja«, antwortete er. »Aber nur, bis ich zwölf Jahre alt war. Meine Eltern –«

»Dann waren Sie's. Dann sind Sie's«, korrigierte sich das anonyme Gegenüber. Sie lachte.

»Warten Sie: Ihr Vater war Arzt. Sie waren ein ausgezeichneter Turner«, fügte sie hinzu.

Er freute sich. »Wie hieß der Klassenlehrer?«

»Gadmer.«

»Stimmt.«

»Ich bin Annemarie Bodmer, vormals Bodmer, blond und blendend in Botanik.« Es war lustig und klang auswendig gelernt.

»Wie heißt das Minimumsgesetz von Liebig?« fragte er weiter, nunmehr guter Laune.

Die Stimme räusperte sich.

»Haben Sie meinen Brief bekommen?«

»Sie schreiben wegen?«

»Aloja, Conradin Aloja.«

»Ach ja.«

»Der, der immer heulte bei jeder Geschichte. Robinson nach dem Schiffbruch und so.«

»Aloja. Natürlich. Was ist mit ihm?«

»Ich denke, Sie haben meinen Brief gelesen?«

»…«

»Ob wir uns rasch treffen könnten... Ich meine, um darüber zu reden. Vielleicht duzen wir uns dann sogar wieder.« Sie lachte etwas verlegen.

»Natürlich«, wiederholte er kopflos. Seine Linke schob Blatt um Blatt, Brief um Brief zur Seite; schließlich fand er den Schrieb. »Ihr hm – Ihr Brief liegt gerade vor mir.«

Die Antwort kam rasch. »Wollen wir uns treffen?«

»Natürlich. Die Sache ist wichtig genug, um diskutiert zu werden.« Er vermochte den dreiseitigen Brief nicht zu übersehen.

»Nie«, gab er zur Antwort. Er löste den Hörer von der schwitzenden Ohrmuschel und raschelte mit den Papieren. »Morgen – nein, geht nicht. Samstag auch nicht. Wie wär's mit elf Uhr, heute morgen?« Elf Uhr hatte sie Zeit, Gemüsemarkt, Fleisch, den Pudel vom Trimmen holen, ja elf.

»Abgemacht.« Er hängte auf und begann ihren Brief zu lesen. Dann rief sie wieder an. Wo sie sich treffen wollten?«

»Café Carlo?«

»Gut. Wiedersehen.« Es war zehn Uhr.

Für die Tatsache, daß Kinder Gemeinheiten begehen konnten, gab es im »eigentlichen Sinn« psychologische Erklärungen. Was darunter zu verstehen war, »im eigentlichen Sinn«, ließ er gleichsam im vierten Stock zurück, als er mit dem Lift hinuntersauste, die Schuhspitze an der Wand hinunterschürfend, über die Silhouette eines Mannes hinweg, der hinter der Milchglasscheibe des dritten Stockes wartete. Die Erinnerung war da, überwältigend und beschämend zugleich: Aloja, Conradin Aloja, den keiner besonders fürchtete und doch achtete, ein Zehnjähriger wie er selber, verschlossen und versponnen, verstrickt in die grüngebundenen Bücher der Schulbibliothek, vor deren Tür er jeden Donnerstag um neun wartete, als erster, stumm und bedächtig, das Buch mit beiden Händen haltend, bis dann – kurz vor Pausenschluß – die Meute der übrigen Lesehungrigen hereinstürmte. In der Schlange, zu der sie sich rotteten, wurde Aloja ans Schwanzende gedrängt, und das Buch, das er zu kriegen hoffte, bekam er selten, so auch an jenem Tag und Abend, an dem die Sonne eben untergegangen war; fragmentarisches Weiß in den Südhalden der Garnhügel, Menschentritte im Schnee, die die Sonnenwärme in die Größe von Bärentatzen ausgeschmolzen hatte; die hereinbrechende Steinbeinkälte, die die Wimpern und Augenlider der Kinder in Eisblumen verwandelte. Er hatte, daran erinnerte er sich genau, das Buch versprochen, das er ihm vor der Nase weggeschnappt hatte. »Die Regulatoren in Arkansas.« Aloja sollte ihn für diesen Tausch bis zur Haustüre begleiten, das war der Preis, den dieser schweigend zu bezahlen gewillt war. Ein schnaubender Pferdeschlitten rasselte an ihnen vorbei, stockend und mühevoll die Kufen über die schneefreien Flecken des Feldwegs reißend; sie sprangen zur Seite, beide, er und Conradin, der mager wie eine Leiter war, breitschultrig, mit rotbraunem Haar, das filzig vom Hinterkopf in das Fohlenfell des Schulranzens hinüberzuwachsen schien. Das weitere, das sich an jenem Vorfrühlingsabend ereignete, war in seiner Erinnerung so fahl wie Dämmerlicht. Eine Mutprobe hatte er verlangt, zusätzlich zur ersten Bemühung: Aloja müsse während einer Minute die Zunge an den kalten Stahl einer T-Eisenstütze pressen, die von der Brücke entfernt und quer über das Bachbett gelegt worden war, eingeeist zwischen Steinen und frost-weißen Grasbüscheln; Aloja tat, was er von ihm ver-langte, verächtlich und ohne Zögern, eine Verachtung, die auch in seinem Gesicht stand, als er sich bemühte, die Zunge vom Eisen loszureißen. Die Haut haftete; er riß, während sein Rücken sich vor Schmerz zusammenzog, riß röchelnd weiter. Wenig später kamen Arbeiter aus ei-ner Baubaracke gerannt, Pfannen mit heißem Wasser und Tücher tragend. Sie gossen das Wasser über das Ei-sen und schoben dampfende Stoffetzen unter Alojas Ge-sicht...

Die Erinnerung daran, an jenen Abend, war so dunkel wie die schwarzgekleidete Familie, die in der Empfangs-halle stand und dem Annoncenfräulein eine Anzeige dik-tierte.

Er schob Wartende mit einer gemurmelten Entschuldi-gung zur Seite und schritt durch die Glastüre in die Son-nenglut.

Als er das Café betrat, stieß er mit einem Serviermädchen zusammen; es stieß einen kaum unterdrückten Fluch aus und ließ der zerscherbelnden Kaffeetasse noch zwei Crèmeschnitten folgen.

Er riß sich zu einer ironischen Bemerkung zusammen. »Der Schaden ist behebbar, ja?« Dann warf er einen Blick zu Carlo hinüber. Carlo war die Attraktion des Ca-fés. Er lag in einem grüngekachelten Behälter, in knieho-hem Wasser. Die starren Augen erinnerten an Gallerte mit einem kostbaren winzigen Stück Trüffel. Carlo war ein Alligator.

»Da sind Sie ja.« Eine Hand schob sich durch den Hau-fen von Paketen und Tüten, der sich vor ihm aufgestapelt hatte, und dieselbe weißbehandschuhte Hand nahm ein

Paket von dort weg, wo der Kopf zu vermuten war. Der Kopf leuchtete wie ein Marzipanpfirsich; das Gesicht einer jungen Frau, die längst ihre paar Kinder auf die Welt gesetzt hatte. »Da«, sagte sie. »Das von der linken Hand müssen Sie mir auch noch abnehmen, dann kann ich mir selber helfen.« Sie stellte hintereinander acht oder neun Schachteln und Tüten auf den Boden, einen Blumenstrauß, drei Flaschen Milch, die in der Einkaufstasche nicht mehr Platz gefunden hatten, und ein langes verpacktes Etwas.

»Staubsaugerschlauch«, erklärte sie. »Setzen wir uns gleich hier?« Es war das einzige freie Tischchen und in Carlos unmittelbarer Nähe. Ihr Gesicht erinnerte an niemand. Wie auch immer, sie war hübsch, gepflegt, trug ein weißes, plissiertes Seidenkleid und zupfte, für ihn sichtbar, den Stoff über den Schenkeln zurecht. Eine Sonnenbrille saß auf der Stupsnase, und die Haut ihrer Oberarme war rötlich wie zarter öliger Lachs.

»Wo ist der Pudel?« erkundigte er sich.

»Noch immer nicht getrimmt! Das Personal...«

Sie zog zwei Nadeln aus ihrem Haarschopf, steckte sie zwischen die Zähne und murmelte etwas Unverständliches, Entrüstetes.

»Bitte?«

Sie ließ die Nadeln wieder im Haarschopf verschwinden.

»Mein Mann ist Direktor in einer Chemischen.«

Sie deutete mit dem Finger in Carlos Richtung. »Die hohen Kästen. Zum Glück haben sie dort Klimaanlagen.« Ihre unbeschäftigte Hand fächerte elegant und fingerzappelnd. »Aloja war übrigens Architekt«, fügte sie bei und warf ein Stück Würfelzucker über das Gitter. »Und

Sie sind also ein Zeitungsmensch geworden. Kein Wunder, im Aufsatz waren Sie prima. Sie saßen zwei Reihen vor mir. Und eine Schwester hatten Sie auch? Wo lebt die übrigens? War dauernd auf dem Fahrrad.« Sie lachte.

Er lachte ebenfalls und guckte gewohnheitsmäßig nach der Armbanduhr.

»Ich bin unverbesserlich«, klagte sie und kramte in ihrer Handtasche, aus der sie – ohne Knick und Falt – eine Handvoll Manuskripte hervorholte und auf die Knie legte.

»Eigentlich ist es doch lächerlich, daß wir uns siezen, finde ich. Wozu? Bloß weil es fünfundzwanzig Jahre her ist. Also, ich heiße noch immer Annemarie.«

Sie griff nach den Manuskripten auf ihrem Schoß und legte sie vor ihn hin. »Ich wäre dir dankbar, wenn du diese Dinge mal durchlesen würdest. Früher arbeitete ich an einem Roman, aber kann man sich noch schöpferisch betätigen bei Kindergeschrei?«, sie schwenkte ihr Glas Milch zu Carlo hin und noch weiter: nach den Glas- und Betonbunkern am Stadtrand. »Ich schreib' meist nachmittags, wenn es still ist. Zwei der Geschichten sind vielleicht etwas persönlich oder romantisch, es ist schwer zu sagen.« Ihr Gesicht erging sich in nachdenklichen Mutmaßungen.

»Man muß aus dem Alltag berichten, nicht wahr, aus dem eigentlichen Leben. *Il faut cultiver son jardin*, nicht? Übrigens haben wir einen wunderbaren Garten. Sie...« – nach einem neckischen Lachen wagte sie sich weiter –, »du mußt ihn unbedingt anschauen. Überhaupt solltest du gelegentlich –«

»Und Conradin Aloja?« unterbrach er und zwang sich zu einem Lächeln.

»Richtig. Das werd' ich dir gleich erzählen. Paß auf: Eigentlich wollte ich einen Nachruf schreiben, einen Nekrolog; schließlich war ich ja dabei, als es passierte. In der Zeitung war bloß eine winzige Anzeige. Ich war ehrlich entrüstet. Schließlich war er ein ausgezeichneter Architekt. Auch wenn seine Dinge selten gebaut wurden, was letztlich wieder dagegen spricht, meint Philipp, das ist mein Mann, aber das mag an den hiesigen Verhältnissen liegen, nicht?« Sie lutschte ein Stück Würfelzucker, und die Spur eines Grübchens war in ihrer linken Wange zu entdecken; die Arme glänzten wie poliertes Nußbaumholz, sportlich, zum Schwingen eines Tennisrakketts geboren. Sie hörte auf zu lutschen.

»Die winzige Todesanzeige hat mich deprimiert«, bemerkte sie. »Kaum größer als eine Trambahnkarte, schändlich. Wahrscheinlich hat seine Schwester kein Geld, und da sagte ich zu Philipp, da gehört ein tüchtiger Nachruf hin, sagte ich.«

»Ach so. Ich glaubte, du hättest den Nachruf bereits geschrieben?«

»Ohne Aufforderung? Wer schreibt solche Dinge schon ohne Aufforderung, sagt mein Mann, man macht sich ja bloß lächerlich.« Sie grub in einer rosaroten Tüte und brachte ein Bonbon zum Vorschein. »Mit Menthol«, kommentierte sie. »Nächstens werd' ich Lust auf Grapefruit mit Sardellen verspüren. Ich bin schwanger.«

»Das zweite?«

»Das dritte. Ich möchte vier. Mein Mann will fünf.«

Ein Bonbon krachte zwischen ihren Zähnen. Dann flüsterte sie etwas, das er nicht verstand, und lachte.

»Also zur Sache: Ich kannte ihn gut. Ich war dabei – wir waren dabei, als die Sache mit den Wespen geschah.«

»Wespen?«

»Mhm. Er bekam zwei Stiche in den Hals und sonst irgendwo, doch er starb erst drei Tage später, Blutvergiftung. Die Krankenschwester erzählte mir, daß er am letzten Tag einen ganzen Strauß Blumen samt Vase an die Wand schmiß. Komisch – sonst war er eher gutmütig. Widerspenstig, ja, das war er immer gewesen, sogar im Militärdienst stänkerte er, erzählt Philipp. Obwohl Philipp ihn mochte. Wirklich! Erst neulich hat er ihm einen Auftrag zugeschanzt, es klappte dann aber nicht, weil Aloja alles vermasselte. Er bekam Krach mit den Bauherren, oder diese mit ihm, ich weiß nicht. Man muß sich eben nicht nur nach der Decke strecken, meint Philipp, sondern auch nach dem Boden, Raum ist überall. Besonders ein Architekt sollte das einsehen, hab' ich recht oder nicht?«

Sie seufzte angestrengt und raschelte im Rosapapier. Das Argument war schlagend. Aber Insubordination in der Armee? Im Krieg wurde so einer mir nichts, dir nichts erschossen. Er gab auf. Die gigantische, ungeheuerliche Vorstellung, alles über Bord zu schmeißen, alles zu verlassen, hatte nicht mehr Platz in seinem von unsichtbaren Amazonasindianern geschrumpften Schädel.

»Bitte?«

Er hatte eine Frage überhört. Jemand warf eine Münze ins Bassin, und das Geldstück versank anonym wie im Opferstock einer Großstadtkirche; nur Carlos schwarzgrüne Hornhaut zuckte.

»Eben fällt mir was ein«, sagte sie. »Das war eine zu komische Sache – wir fuhren nach Mailand, an Ostern...«

»Mit Aloja?«

»Natürlich. Und Yole. Ja, und da kaufte sich Aloja ein Pfund Bananen. Du wirst sehen, sagte Philipp zu mir, als wir vor dem Dom standen, wenn er eine Banane gegessen hat, schmeißt er die Schale einfach weg und tritt zwei Minuten später selber drauf. Im Sturz knipst er mit dem Fotoapparat noch rasch die Fußsohlen Vorübergehender, die über ihn gestolpert sind, sagte er, und es war genau so! Genau das geschah. Tatsache. Gott, was mußten wir lachen. Dieser mächtige Kerl, der auf den Bananenschalen ausgleitet!« Annemarie begann ungebärdig zu lachen. »Schrecklich war bloß, daß er sich dabei den Fuß brach.«

Sie lutschte und lachte weiter, bis ihr die Tränen kamen.

»Wie war das – das mit den Wespenstichen?«

Annemarie bezwang ihr Lachen. »Wird schwer zu formulieren sein. Kein Mensch hat Verständnis für Wespenstiche. Karambolage mit Autos und solches Zeug, Fensterstürze, Kinobrände, Selbstmord –« Sie guckte vorwurfsvoll zu Carlo hinüber, als trüge der einen Teil der Schuld. »Nun, das war so – hast du ein Schreibzeug, einen Fetzen Papier? Nein? Also, stell dir vor: Hier ist der Waldrand, Tannen und Föhren, und hier ein Baumstrunk, da ein zweiter. Hier Erich und seine Freundin, Erich ist ein Freund von uns, zwei Schritte weiter, also beim zweiten Baumstrunk, standen Yole, Aloja und Philipp. Yole ist eine Bekannte jener Freundin, ja, und die standen also genau beim zweiten, und in diesem Augenblick, es war furchtbar, ich denke noch heute daran, trat Erich auf den hohlen Baumstrunk mit dem Wespennest. Wir begannen zu rennen, nur Conradin und Philipp nicht, und Philipp rief: Stehenbleiben, stehenbleiben!, nun die Nerven, er rannte schließlich auch. Bloß einer blieb stehen, wer schon?«

»Aloja?«

»Mhm. Die Wespen schwirrten schauerlich um uns herum und verfolgten uns… Ja, und nach ein paar Minuten kehrten wir zurück…«

»Und inzwischen hatten die Wespen –«

»Keine Spur. Dieser Koloß von einem Aloja saß seelenvergnügt im Moos und rauchte. Wir standen natürlich ein bißchen verlegen da, und in diesem Augenblick schlug Philipp mit der Zeitung gegen Conradins Hals. Philipp ist ein scharfer Beobachter. Er bemerkte gleich noch zwei andere Wespen, die auf Aloja herumkrochen. Philipp trägt immer eine Zeitung bei sich –«

»Und dann stachen sie eben, die Wespen?«

»Nun, er war ja nicht Franz von Assisi oder wie er heißt.« Sie war entrüstet. »Im Grund hätte ihm Philipp beinahe das Leben gerettet. Aber es ging eben dumm.«

Er verlegte sich auf Samariterfragen: »War denn kein Arzt – irgendwo?«

»Im Dorf unten. Aber Erich und seine Freundin hatten sich den Fuß verstaucht –«

»Beide?«

»Nein, sie. Aber jemand mußte doch zu ihr schauen, nicht wahr?«

»Freilich. Und die andern? Philipp oder diese Yole?«

»Philipp? Es hat ihm entsetzlich zugesetzt. Und du weißt – sein Hüftgelenk.«

Er nickte, obwohl er keine Ahnung hatte von diesem Hüftgelenk.

»Yole fand schließlich eine frische Quelle, und wir machten Kompressen aus Krawatten. Erich gab seine sofort her.«

»Kompressen?«

»Ja. Aus Quellwasser. Kühlem Firnwasser.«

Sie schien die Worte geradezu aus einem Handbuch für Erste Hilfe zu zitieren. »Die Nacht über blieben wir im Chalet, das Yoles Vater gehört«, fuhr sie fort. »Am Morgen war sein Hals geschwollen, und ich war fast sicher, daß er fieberte. So gingen wir dann eben ins Dorf hinunter, mehr als eine Stunde dauerte das, und schickten ein paar Burschen mit einer Tragbahre hinauf.«

»Ins Dorf? Alle?«

»Mhm. Wir hatten vergessen, Kaffee zu kaufen, kurz und gut, die Bauernburschen brachten Aloja zwei Stunden später. Jeder bekam zehn Franken. Dann transportierten wir ihn sofort ins nächste Spital. Unverzüglich!«

Carlo ähnelte einer bleigegossenen Attrappe. Auf dem blaugekachelten Sims lagen zellophanverpackte Biskuits, die ein Witzbold über das Gitter geworfen hatte.

Sie blieben noch eine Weile sitzen. Beim dritten Fluchtversuch erhob sich auch Annemarie und begleitete ihn, lutschend, beladen. Draußen war wieder die würgende Stadthitze, das Schleichen und Schlurfen auf dem Asphalt, das Rattern der gelbgrünen Tramwagen.

Er blieb über Mittag auf der Redaktion. Zwei Coca-Cola-Flaschen hinterließen klebrige Abdrücke auf den Manuskripten Annemaries. Ruhe. Das war's. Jedermann hatte Anrecht darauf. Ruhe. Er hängte die Papptafel »Nicht stören« an die Türklinke und griff nach dem Telefon. Bis zwei Uhr hatte er vierzehn Telefongespräche hinter sich. Das Mädchen in der Zentrale geriet aus der Fassung; er brüllte mehrmals ein Wort in die Sprechmuschel, für das er sich auch später nicht entschuldigte, hieb den Hörer in die Gabel, drückte den Knopf für Internes, fragte, fragte wieder und blätterte mit der Besessenheit eines Kirchengelehrten im Telefonbuch; in einer Schublade fand er eine harte Semmel; er goß etwas Coca-Cola darüber, kaute, telefonierte. Schließlich machte er eine entfernte Verwandte Alojas ausfindig, bei der er durch einen Laufburschen ein Foto holen ließ. Um vier Uhr lag es auf seinem Schreibtisch. Er betrachtete das Bild lange; es gab keine Erinnerung; die hellen Augen vielleicht, hell und widerspiegelnd unter dem Gestrüpp der Brauen. Ein Riesenstapel Baupläne folgte nach. Er blätterte mutlos. Davon verstand er nichts.

Das Unerwartete kam mit den korrigierten Fahnenabzügen des Lokalteils, die ihm in der Setzerei in die Augen fielen. »Hinschied eines jungen Architekten«, ein Nekrolog, eine knappe Spalte; der Text war von einem der Lokalredakteure zusammengestrichen worden. Sätze von mehr als acht Worten waren unbeliebt und irritierten in dieser Rubrik.

»...und dennoch glaubte man Nerven zu sehen, die dünner und härter vibrieren als die gespanntesten Saiten; ein Gehirn, in dem die Klänge widerhallten wie im Zederngewölbe einer Violine. Jahrhunderte eines sich selbst zerfleischenden Jahrtausends haben ihn, Conradin Aloja, für die kurzen Jahre seines irdischen Lebens vorausgeprägt. Dieser Mann« – der Korrektor hatte das Wort »Seelenstruktur« gestrichen – »war auf Wesentliches ausgerichtet. Nicht auf Beamtenschalter oder prophylaktische Impfung oder Meinungsforschung, oder wie immer die Dinge hießen. Übermorgen, vielleicht morgen schon, wäre der Verstorbene ein Riese gewesen. Hier und heute war er weder Überzwerg noch Unterriese. Er hat seine Zeit verpaßt, und seine Zeit hat ihn verpaßt. R.I.P.«

Er nahm den Fahnenabzug und ging zu den Zimmern der Lokalredaktion. Die beiden Hauptredakteure waren nach Hause gegangen. An einem der Schreibmaschinentischchen saß der blondgelockte Redaktionsvolontär und kaute am Pfeifenstiel.

»Niemand da?«

»Nein, niemand«, sagte Kobald. »Und betrachten Sie bitte auch mich als abwesend. Ich schreibe über den neuen Heimatfilm. Haben Sie je einen Gletscher gesehen? Mußten Sie Ihre Tochter je von einem Fünftausender herunterholen? Ich nicht. Gelobt, wer keine Tochter hat.«

Er überhörte ihn.

»Wer hat das geschrieben?«

Kobald blieb ungerührt.

»Irgendein Hutzelmännchen mit Sattelnase«, antwortete er. »Wartete zwei Stunden lang in der Halle unten und zitterte. Wir gaben ihm Geld. Tatsache! Sonst werden Nekrologe ja nicht honoriert, aber das Männchen war offenbar darauf aus, noch etwas aus dem Mann herauszuholen. Posthum.«

»Wie heißt der Mann? Wo wohnt er?«

»Der wohnt überhaupt nicht«, sagte Kobald. »Er ist Komponist, und dieser Dingsda, der Verstorbene, hat ihm jeden Monat zweihundert zugesteckt. Angeblich.«

»War er sehr aufgeregt?«

»Vermutlich wie jeder, dem plötzlich die Altersrente entzogen wird. Sah aus wie ein Anthroposoph.«

Er schlug die Türe zu und ging in sein Zimmer zurück, telefonierte weiter.

Es war fünf geworden.

Er wußte alles und nichts über Aloja; nichts Wissenswertes für die Zeitgenossen. Aloja war sein Leben lang zu spät gekommen, weil er Eile nicht kannte. Er hatte Züge verpaßt, das einschlägige Glück, die Polioimpfung, die Bordschwelle eines Vergnügungsdampfers auf dem Rhein, in dessen Maikälte er fiel, die Schlagzeilen, die Extrablätter, die Wettbewerbsausschreibungen für Architekten, den Anschluß an alles, was für ein unbehelligtes Dasein unerläßlich sein mochte. Gott, wie ging er wohl zuweilen auf die Nerven! In den Manteltaschen fand die Schwester Theaterkarten, die er gekauft und vergessen hatte; den Brief eines Fabrikanten, der ihn auf elf zu sich bestellt hatte, was er verpaßte, weil er ein Buch über Reinkarnation las. Es nahm kein Ende. Außer den Wespen hatte er beinahe alles verpaßt und war nun vorzeitig aus der Welt gefallen. Er war nie gerannt. Nicht aus Faulheit, nein, vermutlich gab es für ihn einfach nichts, das ihn seine Kraft spüren ließ. Es genügte nicht, Kraft zu haben, es mußte auch etwas geben, das diese Kraft fühlen ließ, und das hatte er nicht gefunden.

Draußen war der Sommerabend mächtig und gebläht wie ein Zirkuszelt. Noch zwei Monate, und der Zirkus würde da sein wie immer, zusammen mit dem Herbst. Riesen! Es gab da zuweilen einen, der auf ungeheuer langen Stelzen auf und ab ging. Kinder quietschten vor Freude. Erwachsene strahlten und grinsten, wenn er sich übermächtig in einem gigantischen, blauen Matrosenanzug vor dem Zirkuszelt zeigte. Man zahlte und staunte, und jedermann wußte, daß der Mann nach der Vorstellung wieder von seinen Stelzen herabsteigen mußte. Es gab keine Riesen. Er riß das vierte Blatt aus der Schreibmaschine und zerknüllte es. Dann spannte er ein fünftes ein.

Es mußte gelingen.

Der Schnee, der ein paar Monate später fiel, brachte seine Erinnerung an das fünfte Blatt zurück, und nach einem langen leeren Blick ließ er fünf eine gerade Zahl sein.

Von Jürg Federspiel
erschienen im Suhrkamp Verlag

Die beste Stadt für Blinde und andere Berichte. 1980. 226 S. Kt.
Die Ballade von der Typhoid Mary. 1982. 154 S. Kt.
Paratuga kehrt zurück. Erzählungen. 1982.
suhrkamp taschenbuch Band 843.

st 817 Igor Strawinsky
Aufsätze, Kritiken, Erinnerungen
Ausgewählt und herausgegeben von Heinrich Lindlar
226 Seiten
Was über Werden und Wirken, über Weg und Werk des
russisch-französisch-amerikanischen Komponisten und
Kosmopoliten Strawinsky vom Aufbruch unseres Jahr-
hunderts im Reflex seiner Mitarbeiter, Freunde und
Mäzene, aber auch seiner eingeschworenen Gegner aus
dem Umfeld der Neuen Wiener Schule Schönbergs – was
da an Erinnerungen, an Huldigungen und Attacken von
Belang war, findet sich in diesem Auswahlband wie in
einem Brennspiegel.

st 818 J. G. Ballard
Kristallwelt
Roman
Aus dem Englischen übersetzt von Margarete Bormann
Phantastische Bibliothek Band 75
178 Seiten
»Am Tage flogen phantastische Vögel durch den erstarr-
ten Wald, und edelsteinbesetzte Krokodile glitzerten wie
heraldische Salamander an den Ufern des kristallenen
Flusses. Nachts jagte der leuchtende Mann unter den
Bäumen dahin, die Arme wie goldene Wagenräder, der
Kopf wie eine gespenstische Krone . . .«

st 819 Peter Schattschneider
Zeitstopp
Science-fiction-Geschichten
Phantastische Bibliothek Band 76
230 Seiten
»Mit einemmal sah er nur noch Atome und Moleküle,
die keinen Bezug zueinander hatten. Nichts veränderte
sich. Die Naturgesetze zerfielen, weil es in der Zeitlosig-
keit nichts gab, das sie beschreiben konnten, und mit
ihnen zerfielen die Objekte. Bäume, Sträucher, das ver-
dorrte Gras, Erde und Gestein, selbst die Sonne und der
in der Luft erstarrte Vogel: Alles verlor sich in Bedeu-
tungslosigkeit.«

st 821 Hans Carossa
Der Arzt Gion
Eine Erzählung
256 Seiten
»Die Lauterkeit seiner Gesinnung, die Tiefe seiner so bescheiden auftretenden Problematik, und mehr als alles
der Adel seiner Sprache, seines schönen, wie eine Quelle
fließenden Deutsch machen dies ernste Buch unausschöpf-
lich, wie alle echte Dichtung es ist.«   *Hermann Hesse*

st 822 Marcel Proust
Sodom und Gomorra
Auf der Suche nach der verlorenen Zeit
Vierter Teil
Deutsch von Eva Rechel-Mertens
2 Bände, zus. 724 Seiten
»Von der Erfahrung Prousts in Deutschland verspreche
ich mir Entscheidendes, nicht im Sinne der Nachahmung,
sondern in dem des Maßstabes. ... Angesichts des des-
orientierten Zustandes der deutschen Prosa, wenn nicht
der Krisis der Sprache überhaupt, ist Rettendes zu hof-
fen von der Rezeption eines Dichters, der das Exem-
plarische vereint mit dem Avancierten.«
                                    Theodor W. Adorno

st 823 Sylvia Beach
Shakespeare and Company
Ein Buchladen in Paris
Aus dem Amerikanischen von Lilly v. Sauter
Mit Abbildungen
248 Seiten
»*Shakespeare and Company* ist kein gelehrtes Buch, es
ist ein ganz persönlicher Bericht. In Sylvia Beachs Erin-
nerungen kommen nahezu alle vor, die in den zwanziger
Jahren eine Rolle spielten, und Sylvia Beach zählte sie
alle zu ihren Bekannten.«   *The New Yorker*

st 824 Erik H. Erikson
Lebensgeschichte und historischer Augenblick
Übersetzt von Thomas Lindquist
296 Seiten
Die Frage, um die es Erikson in diesem Buch geht, lautet:
Psychoanalyse – Anpassung oder Freiheit? Erikson plä-

diert für eine Form von Adaption, die den Patienten befähigt, die Realität so zu sehen, wie sie ist, was nicht bedeutet, sie in ihrer Faktizität einfach hinzunehmen. Eriksons »goldene Regel« für seine eigene Praxis ist ein Begriff von Anpassung, der auf Gegenseitigkeit und Anerkennung basiert.

st 825 Volker Erbes
Die blauen Hunde
Erzählung
190 Seiten
Die blauen Hunde erzählt die Geschichte einer Krankheit. Scheinbar unangekündigt trifft sie eine junge Frau. Die Vorgeschichte zeigt, daß die Formen ihres Wahns nicht zufällig sind oder abstrus, sondern bis in die absonderlichen Details biographisch bestimmt. Auch der Erzähler, der ehemalige Freund dieser Frau, wird von dem Wahn, der der Wahn einer Epoche ist, erfaßt. Indem er ihre Geschichte erzählt, entdeckt er betroffen die Rolle, die er darin spielt.

st 826 Phantasma
Polnische Geschichten aus dieser und jener Welt
Herausgegeben und übersetzt von Klaus Staemmler
Phantastische Bibliothek Band 77
282 Seiten
Zwanzig Erzählungen von neunzehn Autoren stellt dieser Band vor, utopische und phantastische Geschichten, heitere und ernste, amüsante und besinnliche; Spekulationen über die Zukunft stehen neben satirischen Seitenhieben auf die wenig vollkommene Gegenwart. Und es gibt auch gar schauerliche, diabolische und unheimliche Geschichten.

st 828 Hermann Lenz
Die Begegnung
Roman
204 Seiten
»Ein wundersames und wunderbares Buch ... ein Roman, der ganz unwichtig tut und doch voll Weisheit ist; der beiläufig erzählt wirkt und doch Existentiellem auf den Grund geht; der in geschichtlicher Zeit spielt und uns die eigene Zeit und unsere eigene Zerrissenheit besser wahrnehmen läßt.«   *Deutsche Zeitung*

st 829 Pablo Neruda
Liebesbriefe an Albertina Rosa
Zusammengestellt, eingeführt und mit Anmerkungen
versehen
von Sergio Fernández Larraín
Aus dem Spanischen von Curt Meyer-Clason
Mit Abbildungen
338 Seiten
Wer die Memoiren Nerudas gelesen hat, kennt seine Er-
zählhaltung. Das Schreiben sei für ihn wie das Schuhe-
machen – und so urpersönlich, sympathisch warm und
menschlich ist auch der Ton dieser Briefe. Sie befassen
sich mit Zuneigung und alltäglichen Sorgen, mit Hoff-
nungen und Enttäuschungen.

st 831 Helm Stierlin
Delegation und Familie
Beiträge zum Heidelberger familiendynamischen Konzept
258 Seiten
»Die Beiträge des Bandes verarbeiten eine Fülle von Fall-
beispielen und therapeutischen Erfahrungsdaten vor dem
Hintergrund der psychoanalytischen Grundannahmen zu
einem komplexen System von Hilfestellung für die unter-
schiedlichsten familiären Konstellationen. Lesenswert für
jeden, der an Einsicht in ein komplexes Gefüge von Zu-
sammenhängen interessiert ist.«
Wissenschaftlicher Literaturanzeiger

st 833 J. G. Ballard
Die Tausend Träume von Stellavista
und andere Vermilion-Sands-Stories
Aus dem Englischen von Alfred Scholz
Phantastische Bibliothek Band 79
204 Seiten
Vermilion Sands, ein Wüstenkurort zur Erfüllung deɪ
ausgefallensten Träume der gelangweilten Reichen,
jetzt Künstlerkolonie für Maler, Literaten, bildende
Künstler und Musiker, ist in einem langsamen, aber
unaufhaltsamen Verfall begriffen. Dichter drücken ledig-
lich auf die Knöpfe ihrer Computer, die automatisch für
sie dichten; tönende Skulpturen wachsen aus dem Boden,
und empfindsame Pflanzen reagieren auf die Töne der
Musik.